Le
garçon
au sommet
de la montagne

JOHN BOYNE

Le
garçon
au sommet
de la montagne

Traduit de l'anglais
par Catherine Gibert

GALLIMARD JEUNESSE

À mes neveux, Martin et Kevin

Conception de couverture :
© Penguin Random House Children's UK
Photographies :
Mont Blanc : ©maxhomand/iStockphoto
Barbelés : © Eugene Sergeev/iStockphoto

Illustration intérieure : © Liane Payne

Titre original : *The Boy at the Top of the Mountain*
Initialement publié en Grande Bretagne par Doubleday,
un département de Random House Children's Books.

Première partie

1936

1

Trois points rouges
sur un mouchoir

Même si le père de Pierrot Fischer n'était pas mort à la Grande Guerre, sa mère, Émilie, n'en démordait pas, c'était la guerre qui l'avait tué.

Pierrot n'était pas l'unique petit Parisien de sept ans à vivre avec un seul parent. Le garçon assis devant lui à l'école n'avait pas revu sa mère depuis qu'elle était partie, quatre ans plus tôt, avec un représentant en encyclopédies. Sans parler de la brute de la classe qui appelait Pierrot « le Nain », en raison de sa petite taille ; lui avait une chambre au-dessus du débit de tabac de ses grands-parents avenue de La Motte-Picquet, et son passe-temps favori consistait à lâcher des bombes à eau sur la tête des passants avant de nier farouchement toute responsabilité.

Et, au rez-de-chaussée de l'immeuble de Pierrot sur l'avenue Charles-Floquet toute proche, son meilleur ami, Anshel Bronstein, vivait seul avec sa mère, Mme Bronstein, après que son père s'était noyé deux ans plus tôt en essayant de traverser la Manche à la nage.

Nés à quelques semaines d'intervalle, Pierrot et Anshel avaient été élevés comme des frères ; si une mère avait besoin de se reposer, l'autre s'occupait des bébés. Mais, contrairement à la plupart des frères, ils ne se disputaient jamais. Anshel était muet de naissance, ce qui avait conduit très tôt les enfants à élaborer une langue des signes grâce à laquelle ils communiquaient et pouvaient exprimer ce qu'ils voulaient par d'habiles jeux de mains. Anshel avait attribué à Pierrot le signe du chien parce qu'il trouvait son ami gentil et loyal ; quant à Pierrot, il avait attribué à Anshel celui du renard, car tout le monde s'accordait à dire qu'il était le plus futé de la classe. Quand ils s'appelaient par leur nom, leurs mains faisaient comme cela :

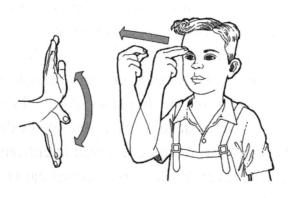

Ils passaient ensemble toutes leurs journées, jouaient au foot sur le Champ-de-Mars, lisaient les mêmes livres. Leur amitié était si forte qu'Anshel avait accordé à Pierrot, et à lui seul, l'autorisation de lire les histoires qu'il écrivait la nuit dans sa chambre. Même Mme Bronstein ignorait que son fils voulait devenir écrivain.

Celle-ci est excellente, décrétait Pierrot par signes en rendant une première liasse à Anshel. *J'ai bien aimé l'épisode du cheval et le moment où l'or est découvert dans le cercueil. En revanche, j'aime moins celle-là*, continuait-il en tendant une autre liasse. *Mais c'est surtout à cause de tes pattes de mouche, je n'ai pas réussi à lire certains passages... Quant à ça*, ajoutait-il en agitant le dernier lot de feuilles comme on agite un drapeau au défilé... *Elle ne tient pas debout. Si j'étais toi, je la jetterais à la poubelle.*

C'est expérimental, soupirait Anshel, qui ne se formalisait pas des critiques mais pouvait se montrer chatouilleux à l'endroit des histoires que son ami aimait le moins.

Non, répondait Pierrot en secouant la tête. *Je te dis qu'elle ne tient pas debout. Tu ne dois la faire lire à personne. Sinon les gens vont penser que tu as perdu la boule.*

Pierrot aurait bien aimé, lui aussi, écrire des histoires, mais il était incapable de rester en place assez longtemps pour coucher des mots sur le papier. Alors, il confiait à Anshel des anecdotes de son invention ou ses dernières frasques à l'école, et son ami, qui suivait attentivement les mouvements de ses mains, les retranscrivait par la suite.

J'ai vraiment écrit ça? demandait Pierrot après avoir lu la prose d'Anshel.

Non, c'est moi qui l'ai écrit, répondait-il. *Mais c'est ton histoire.*

Émilie, la mère de Pierrot, ne lui parlait guère de son père, mais le garçon y pensait sans arrêt. Trois ans plus tôt, Wilhelm Fischer vivait encore avec sa femme et son fils, mais il avait quitté Paris au printemps 1933, quelques mois après le quatrième anniversaire de Pierrot. L'enfant se rappelait son père comme d'un homme grand qui le promenait dans les rues sur ses larges épaules en imitant le hennissement du cheval, piquant à l'occasion un galop, aux cris stridents de joie de Pierrot. Wilhelm lui avait appris l'allemand pour qu'il n'oublie pas ses origines et s'était efforcé de lui enseigner au piano quelques chansons simples, bien que Pierrot ait su qu'il n'égalerait jamais le talent de son père. Papa jouait des airs populaires qui faisaient monter les larmes aux yeux des invités, surtout lorsqu'il s'accompagnait de sa belle voix puissante pour évoquer souvenirs et regrets. Si Pierrot n'était pas très doué pour la musique, il l'était pour les langues ; il était capable de passer de l'allemand au français sans aucune difficulté en s'adressant à l'un ou l'autre de ses parents. Aux repas de fête, il aimait chanter *La Marseillaise* en allemand puis *Das Deutschlandlied* en français, ce qui mettait parfois les hôtes mal à l'aise.

– Je ne veux plus que tu fasses ça, Pierrot, lui avait dit maman un soir après que son petit numéro n'avait pas été du goût de certains voisins. Apprends autre chose si tu veux te donner en spectacle. À jongler, à faire des tours de magie, à te tenir sur la tête. Ce que tu veux, sauf chanter en allemand.

– Qu'y a-t-il de mal à l'allemand ? avait demandé Pierrot.

– Oui, Émilie, avait renchéri papa du fond du fauteuil où il avait passé la soirée à boire plus que de raison, ce qui l'amenait immanquablement à ressasser les terribles expériences qu'il avait vécues et qui le hantaient. Qu'y a-t-il de mal à l'allemand ?

– Tu n'en as donc pas eu tout ton soûl, Wilhelm ? avait-elle demandé en se tournant vers lui, les mains fermement posées sur les hanches.

– Mon soûl de quoi ? Mon soûl d'entendre tes amis insulter mon pays ?

– Ils ne l'insultaient pas, avait-elle rétorqué. Ils ont simplement du mal à oublier la guerre. En particulier ceux qui ont perdu des êtres chers dans les tranchées.

– Mais ça ne les gêne pas de venir chez moi manger ma nourriture et boire mon vin.

Papa avait attendu que maman soit retournée à la cuisine pour faire signe à Pierrot d'approcher et lui avait enlacé la taille.

– Un jour, nous reprendrons ce qui est à nous, avait-il déclaré en regardant son fils droit dans les yeux. Et quand nous le ferons, rappelle-toi de quel côté tu es. Tu as beau être né en France et habiter Paris, tu es un authentique Allemand, comme moi. Ne l'oublie pas, Pierrot.

Il arrivait que papa se réveille en pleine nuit; ses cris résonnaient alors dans le couloir désert et sombre de leur appartement. Sous le coup de la frayeur, d'Artagnan, le chien de Pierrot, sortait d'un bond de son panier et sautait sur le lit de son maître pour se glisser contre lui sous les draps en tremblant. Pierrot remontait les couvertures jusqu'à son menton et écoutait à travers la mince cloison maman s'efforcer de calmer papa, lui murmurer que tout allait bien, qu'il était chez lui en famille, que ce n'était qu'un cauchemar.

– Mais ce n'était pas un cauchemar, avait-il entendu son père dire une fois d'une voix brisée par la détresse. C'était pire. C'était un souvenir.

Quand Pierrot se levait la nuit de temps à autre pour aller aux toilettes, il trouvait souvent son père à la cuisine, la tête avachie sur la table, marmonnant dans sa barbe, une bouteille vide couchée à côté de lui. Chaque fois que cela se produisait, Pierrot dévalait pieds nus l'escalier pour aller jeter la bouteille dans la poubelle de la cour afin que sa mère ne la trouve pas au matin. Et quand il remontait à l'appartement, il n'était pas rare que papa se soit levé entre-temps et qu'il ait retrouvé le chemin de son lit.

Le lendemain, ni l'un ni l'autre n'évoquait ce qui s'était passé la veille.

Une fois, cependant, lors d'une de ces missions nocturnes, Pierrot avait glissé sur les marches humides de l'escalier et il était tombé – il ne s'était pas fait grand mal mais la bouteille s'était brisée et, en se relevant, il avait marché sur un éclat de verre. Pierrot l'avait retiré avec une grimace de douleur et un flot de sang s'était échappé de la coupure. En l'entendant rentrer à cloche-pied, papa s'était réveillé et il avait pu constater ce qui était arrivé par sa faute. Après avoir désinfecté la plaie et serré solidement une bande autour du pied de Pierrot, papa lui avait demandé pardon pour ses excès de boisson. En chassant ses larmes, il avait juré à son fils qu'il l'aimait et lui avait promis de ne plus jamais le mettre en danger.

– Je t'aime aussi, papa, avait dit Pierrot. Mais je t'aime encore plus quand tu me portes sur tes épaules et que tu fais semblant d'être un cheval. Ce que j'aime moins, c'est quand tu restes dans ton fauteuil et que tu ne nous parles pas, à maman et à moi.

– Je n'aime pas non plus ces moments-là, avait-il répondu à voix basse. Mais j'ai parfois l'impression d'avoir un gros nuage noir au-dessus de la tête et de ne pas pouvoir le chasser. C'est pour ça que je bois. Pour oublier.

– Oublier quoi ?

– La guerre. Les choses que j'ai vues, avait-il murmuré en fermant les yeux. Les choses que j'ai faites.

La gorge serrée, Pierrot avait presque eu peur de poser la question.

– Qu'est-ce que tu as fait ?

Papa avait eu un pauvre sourire.

– Quels que soient les actes que j'ai commis, je les ai

commis pour mon pays, avait-il répondu. Tu peux comprendre ça, n'est-ce pas ?

– Oui, papa, avait répondu Pierrot, même s'il n'avait pas saisi le sens de ses paroles, par ailleurs pleines de panache, lui semblait-il. Moi aussi, je serai soldat si ça peut te rendre fier de moi.

Papa avait regardé son fils et posé la main sur son épaule.

– Arrange-toi seulement pour être du bon côté, avait-il dit.

Pendant plusieurs semaines, il avait arrêté de boire. Puis, aussi soudainement qu'il était devenu sobre, il avait replongé dans l'alcool avec le retour du gros nuage noir dont il avait parlé à Pierrot.

Papa était serveur dans un restaurant du quartier. Il partait le matin vers dix heures et rentrait à quinze heures avant de repartir à dix-huit heures pour le service du soir. Une seule fois, il était rentré du travail de mauvaise humeur : quelqu'un du nom de Papa Joffre était venu déjeuner au restaurant et s'était installé à une des tables de son secteur. Papa avait refusé de le servir jusqu'à ce que son patron, M. Abraham, lui intime l'ordre de le faire ou de prendre ses cliques et ses claques.

– Qui est Papa Joffre ? avait demandé Pierrot qui n'avait jamais entendu ce nom auparavant.

– C'était un grand général de la dernière guerre, avait répondu maman en prenant une pile de linge dans la corbeille pour la poser à côté de sa planche à repasser. Un héros pour notre pays.

– Pour ton pays, avait rectifié papa.

– Tu as oublié que tu avais épousé une Française ? avait rétorqué maman en se tournant vers lui avec colère.

– Parce que je l'aimais, avait dit papa. Pierrot, je t'ai déjà raconté dans quelles circonstances j'ai vu ta mère pour la première fois ? C'était quelques années après la guerre, je devais retrouver ma sœur Beatrix à sa pause déjeuner et, quand je suis arrivé au grand magasin où elle travaillait, je l'ai trouvée en train de parler à une des nouvelles vendeuses, une jeune femme timide qui avait commencé la même semaine. Il m'a suffi d'un seul regard pour comprendre aussitôt qu'elle serait ma femme.

Pierrot avait souri. Il adorait que son père lui raconte ce genre d'histoires.

– J'ai ouvert la bouche pour lui parler mais je me suis trouvé sans voix. On aurait dit que mon cerveau était parti se coucher. Je suis resté les bras ballants à la regarder sans rien dire.

– J'ai cru qu'il avait quelque chose qui clochait, avait ajouté maman, rayonnante à ce souvenir.

– Beatrix a été obligée de me secouer par l'épaule, avait dit papa en riant de sa bêtise.

– Sans elle, je n'aurais jamais accepté de sortir avec toi, avait précisé maman. Elle m'a dit de tenter ma chance et m'a assuré que tu n'étais pas aussi idiot que tu en avais l'air.

– Pourquoi ne voit-on pas tante Beatrix ? avait demandé Pierrot qui avait parfois entendu son nom mais ne la connaissait pas.

Elle n'était jamais venue leur rendre visite et ne leur écrivait pas non plus.

– Parce que c'est comme ça, avait répondu papa dont le sourire avait disparu.

– Mais pourquoi ?

– N'insiste pas, Pierrot, avait-il dit.

– Oui, n'insiste pas, avait renchéri maman, le visage sombre. Parce que c'est comme ça que les choses se passent dans cette maison. On repousse les gens qu'on aime, on ne parle pas des choses importantes et on ne permet à personne de nous aider.

C'est ainsi que, en un clin d'œil, une conversation joyeuse avait été gâchée.

– Il mange comme un porc, avait lancé papa quelques instants plus tard en s'accroupissant à la hauteur de Pierrot pour le regarder dans les yeux, ses doigts recourbés comme des griffes. Je parle de Papa Joffre. On dirait un rat en train de ronger un épi de maïs.

Semaine après semaine, papa se plaignait de la maigreur de son salaire, de M. et Mme Abraham qui lui parlaient mal, des Parisiens qui devenaient de plus en plus radins avec les pourboires.

– Voilà pourquoi nous n'avons jamais d'argent, avait-il

rouspété. Ils sont tous pingres. Surtout les Juifs – ce sont les pires. Et ils adorent venir au restaurant parce que, soi-disant, Mme Abraham fait les meilleures carpes farcies et les meilleures galettes de pommes de terre de toute l'Europe de l'Ouest.

– Anshel est juif, avait murmuré Pierrot, car il voyait souvent son ami partir avec sa mère pour la synagogue.

– Anshel fait partie des bons, avait marmonné papa. À ce qu'on dit, dans tout panier de bonnes pommes, il en est toujours une pourrie. Ça doit marcher dans l'autre sens aussi…

– Nous n'avons jamais d'argent, l'avait interrompu maman, parce que tu dépenses pratiquement tout ce que tu gagnes en vin. Et tu ne devrais pas parler de nos voisins de cette façon. Rappelle-toi comment…

– Tu crois que je l'ai achetée ? avait-il demandé en brandissant la bouteille pour lui montrer l'étiquette – c'était le vin qu'on servait au restaurant. Ta mère peut se montrer vraiment naïve avait-il ajouté en allemand à l'intention de Pierrot.

Malgré tout, Pierrot adorait passer du temps avec son père. Une fois par mois, papa l'emmenait aux Tuileries, il lui nommait chaque arbre, chaque plante qui bordait les allées, lui expliquant leur transformation au fil des saisons. Une fois, il avait confié à Pierrot que ses propres parents avaient été des horticulteurs passionnés par tout ce qui touchait à la terre.

– Mais ils ont tout perdu, avait-il ajouté. Leur exploitation a été réquisitionnée, le travail de toute une vie détruit. Ils ne s'en sont jamais remis.

En rentrant, papa avait acheté des glaces à un marchand ambulant, et quand Pierrot avait laissé tomber son cornet, il lui avait offert le sien.

Tels étaient les souvenirs que Pierrot s'efforçait de se remémorer chaque fois que les choses se gâtaient à la maison. À peine quelques semaines plus tard, une dispute avait éclaté au salon quand des voisins – pas ceux qui n'avaient pas apprécié que Pierrot chante *La Marseillaise* en allemand – avaient commencé à parler politique. Des éclats de voix s'étaient fait entendre, de vieux griefs étaient remontés à la surface et, lorsque les voisins étaient partis, ses parents s'étaient battus comme des chiffonniers.

– Si seulement tu arrêtais de boire ! s'était écriée maman. L'alcool te fait dire des choses épouvantables. Tu ne vois donc pas que tu fâches les gens ?

– Je bois pour oublier, avait hurlé papa. Tu n'as pas été témoin de ce dont j'ai été témoin. Tu n'as pas ces images qui tournent en boucle dans ma tête jour et nuit.

– Mais c'est du passé, avait dit maman en se rapprochant de lui pour lui prendre le bras. S'il te plaît, Wilhlem, je sais à quel point tu souffres, mais sans doute est-ce parce que tu refuses d'en parler calmement. Si tu acceptais de partager ta douleur avec moi, peut-être que…

Émilie ne devait jamais finir sa phrase, parce que, au même moment, Wilhelm avait fait quelque chose d'abominable, quelque chose dont il s'était rendu coupable la première fois quelques mois plus tôt, jurant que cela ne se reproduirait plus, même si, depuis, il avait brisé cette promesse à plusieurs reprises. Malgré son mécontentement, la mère de Pierrot trouvait toujours des excuses à son mari, en particulier lorsqu'elle découvrait son fils en train de pleurer dans sa chambre au souvenir des scènes terrifiantes auxquelles il avait assisté.

– Il ne faut pas lui en vouloir, avait-elle dit.

– Mais il t'a fait mal ! s'était exclamé Pierrot en levant des yeux pleins de larmes.

D'Artagnan avait jeté un regard à la mère puis au fils, avant de sauter du lit pour fourrer son museau contre son maître ; le petit chien devinait toujours quand Pierrot était bouleversé.

– Il est malade, avait répondu Émilie en se tenant la joue. Si ceux qu'on aime souffrent, c'est à nous de les aider à guérir. À condition qu'ils veuillent bien nous laisser faire. Mais s'ils refusent…

Elle avait pris une profonde inspiration avant de poursuivre :

– Pierrot, que dirais-tu si nous déménagions ?

– Nous trois ?

Elle avait secoué la tête.

– Non, juste toi et moi.

– Et papa ?

Maman avait soupiré et Pierrot s'était rendu compte qu'elle avait les larmes aux yeux.

– Tout ce que je sais, avait-elle répondu, c'est que les choses ne peuvent pas continuer ainsi.

Pierrot avait vu son père pour la dernière fois par une douce soirée du mois de mai, peu après son quatrième anniversaire. Dans une cuisine jonchée de bouteilles vides comme il se doit, papa s'était mis à crier et à se taper la tête avec les mains, se plaignant qu'ils étaient là, à l'intérieur, venus se venger de lui – des paroles qui pour Pierrot n'avaient aucun sens. Papa s'était précipité vers le buffet et avait jeté par terre des piles d'assiettes, de bols et de tasses qui s'étaient brisés en mille morceaux. Maman avait tendu les bras vers lui en l'implorant, dans l'espoir de le calmer, mais il s'était déchaîné, la frappant au visage, proférant des mots si horribles que Pierrot s'était enfui dans sa chambre en se bouchant les oreilles et s'était caché dans l'armoire avec d'Artagnan. Tremblant de tous ses membres, il s'était efforcé de ne pas pleurer, car le petit chien, qui détestait les contrariétés, s'était blotti en gémissant contre le corps de son maître.

Pierrot était resté des heures dans l'armoire, jusqu'à ce que tout redevienne silencieux. Lorsqu'il s'était risqué dehors, son père avait disparu et sa mère était allongée sur le sol, immobile, le visage tuméfié et en sang. D'Artagnan s'était approché prudemment et lui avait léché l'oreille plusieurs fois, comme pour la réveiller, mais Pierrot avait regardé le spectacle avec des yeux incrédules. Puis, rassemblant son courage, il avait dévalé l'escalier pour aller sonner chez Anshel et avait indiqué l'escalier, incapable de fournir une explication. Mme Bronstein, qui avait forcément entendu le vacarme à travers le plafond mais n'était pas intervenue par peur, s'était précipitée à l'étage supérieur. Pierrot s'était tourné vers Anshel, deux garçons, un qui ne pouvait pas parler et l'autre qui ne pouvait pas entendre. Avisant une pile de feuilles sur le bureau derrière son ami, Pierrot était allé les prendre et avait entrepris de lire la dernière histoire d'Anshel. Se plonger dans un monde qui n'était pas le sien avait constitué une bienheureuse échappatoire.

Pendant plusieurs semaines, aucune nouvelle de papa ne leur était parvenue. Pierrot espérait et redoutait son retour, puis, un matin, ils avaient appris que Wilhelm était mort en tombant sous le train de Munich à Penzberg, la ville où il était né et avait passé son enfance. À cette nouvelle, Pierrot était parti dans sa chambre, il avait fermé la porte à clé, puis il avait regardé son chien endormi sur son lit et avait dit d'une voix très calme :

– Papa nous regarde du ciel, d'Artagnan. Un jour je le rendrai fier de moi.

Peu de temps après, M. et Mme Abraham avaient proposé à Émilie d'être serveuse dans leur restaurant, ce que Mme Bronstein avait trouvé de mauvais goût, considérant qu'ils se contentaient de lui donner la place qu'occupait son défunt mari avant elle. Mais sachant que Pierrot et elle avaient besoin de cet argent, Émilie avait accepté avec gratitude.

Le restaurant se trouvait à mi-chemin de l'école et de l'appartement familial, si bien que Pierrot passait tous ses après-midi à lire et à dessiner dans une pièce au sous-sol de l'établissement, tandis que le personnel vaquait, prenait sa pause, faisait des commentaires sur les clients et le dorlotait. Et chaque jour, Mme Abraham lui descendait une assiette du plat du jour, puis une glace.

De quatre à sept ans, Pierrot était resté dans cette pièce pendant que maman servait les clients dans la salle, au rez-de-chaussée, et, même s'il n'en parlait jamais, son père ne quittait pas ses pensées ; il l'imaginait là, le matin, en train d'enfiler son uniforme et, le soir, de compter ses pour-boires.

Des années plus tard, quand Pierrot repensait à son enfance, ses sentiments étaient mitigés. D'un côté, il était triste à cause de son père, mais, de l'autre, il avait beaucoup d'amis, il se plaisait à l'école et vivait heureux avec sa mère. Paris était en plein essor, les rues grouillaient de monde et débordaient d'énergie.

Mais en 1936, le jour de l'anniversaire d'Émilie, ce qui aurait dû être un moment joyeux avait viré au drame. Ce soir-là, Mme Bronstein et Anshel étaient montés pour l'oc-casion avec un petit gâteau, et les enfants mangeaient leur deuxième part quand maman s'était mise à tousser de façon tout à fait inattendue. Au début, Pierrot avait cru qu'un bout de gâteau avait fait fausse route, mais maman avait continué de tousser, trop longtemps pour que ce soit normal. Elle ne s'était arrêtée que lorsque Mme Bronstein lui avait apporté un verre d'eau. Quand maman s'était enfin reprise, ses yeux étaient injectés de sang et elle serrait sa main contre sa poitrine comme pour calmer la douleur.

– Tout va bien, avait-elle expliqué en reprenant son souffle. J'ai dû prendre froid.

– Mais, ma chérie…, avait lâché Mme Bronstein, le visage pâle, en montrant le mouchoir qu'Émilie tenait à la main.

Pierrot avait suivi son regard et ouvert la bouche en voyant les trois gouttes de sang sur le tissu. Maman avait regardé elle aussi, puis elle avait froissé le mouchoir et l'avait fourré dans sa poche. Puis, prenant appui avec précaution sur les accoudoirs de son fauteuil, elle s'était levée, avait lissé sa robe et tenté un sourire.

– Ça va aller, Émilie ? avait demandé Mme Bronstein en quittant son siège, et la mère de Pierrot avait eu un bref hochement de tête.

– Ce n'est rien, avait-elle dit. Sans doute une infection de la gorge, mais je reconnais que je suis un peu fatiguée. Je devrais peut-être dormir un peu. C'est vraiment très gentil d'avoir apporté ce gâteau, mais si vous n'y voyez pas d'inconvénient…

– Bien sûr, bien sûr, avait répondu Mme Bronstein en

donnant une tape sur l'épaule de son fils avant de filer vers la porte avec une vélocité que Pierrot ne lui connaissait pas. Si vous avez besoin de quoi que ce soit, tapez du pied plusieurs fois et je serai là en un éclair.

Cette nuit-là, maman n'avait plus toussé ni les suivantes, mais un jour, alors qu'elle servait un client, elle avait été prise d'une quinte incontrôlable et on l'avait transportée dans la pièce du sous-sol où Pierrot était en train de jouer aux échecs avec un des serveurs. Maman avait le teint gris et, sur son mouchoir, ce n'étaient plus trois gouttes de sang qu'on y voyait mais une tache énorme. Elle avait le visage en sueur et, quand le docteur Chibaud était arrivé, il lui avait suffi d'un regard pour appeler aussitôt une ambulance. Une heure plus tard, un groupe de médecins se pressait autour de son lit à l'Hôtel-Dieu, l'auscultait et chuchotait d'un air inquiet.

Pierrot avait passé la nuit chez les Bronstein, il avait dormi tête-bêche dans le lit d'Anshel, tandis que d'Artagnan ronflait à ses pieds. Bien sûr, il était affolé et aurait bien aimé parler à son ami de ce qui était en train de se passer, mais il avait beau maîtriser la langue des signes, elle ne lui était d'aucune utilité dans le noir.

Pendant une semaine, il était allé voir maman tous les jours, constatant qu'elle avait de plus en plus de mal à respirer. Ce dimanche après-midi, il était seul avec elle lorsque le souffle de maman avait commencé à ralentir, ses doigts s'étaient relâchés autour des siens, puis sa tête avait glissé de côté sur l'oreiller et, bien qu'elle ait eu les yeux ouverts, Pierrot avait compris qu'elle s'en était allée.

Il était resté immobile quelques instants, puis s'était levé pour tirer sans bruit le rideau autour du lit avant de retourner s'asseoir auprès de sa mère en lui tenant la main très fort. Plus tard, une infirmière âgée était apparue et, voyant ce qui était arrivé, avait dit à Pierrot qu'il lui faudrait transporter Émilie dans une autre salle afin que son corps soit préparé pour l'employé des pompes funèbres. À ces mots, il avait éclaté en sanglots, certain qu'il ne pourrait plus jamais s'arrêter de pleurer, et s'était accroché à Émilie tandis que l'infirmière s'efforçait de le réconforter. Quand il avait fini par retrouver son calme, son corps lui avait semblé brisé de l'intérieur. Il n'avait jamais ressenti un tel chagrin auparavant.

– J'aimerais qu'elle soit enterrée avec ceci, avait-il dit en sortant de sa poche une photo de son père avant de la déposer sur le lit à côté d'Émilie.

L'infirmière avait acquiescé et promis que la photo ne quitterait pas maman.

– As-tu de la famille que je puisse appeler ? avait-elle demandé.

– Non, avait répondu Pierrot en secouant la tête, incapable de la regarder dans les yeux au cas où il y discernerait de la pitié ou, au contraire, de l'indifférence. Non, je n'ai personne. Il ne reste plus que moi. Je suis seul, désormais.

2

La médaille dans la vitrine

Nées à seulement un an d'écart, les sœurs Durand, Simone et Adèle, ne s'étaient jamais mariées et semblaient se satisfaire de leur compagnie mutuelle, même si elles étaient en tous points différentes.

Simone, la plus âgée des deux, était étonnamment grande, elle dépassait en taille la plupart des hommes. C'était une très belle femme à la peau mate et aux yeux d'un brun profond ; douée d'un grand sens artistique, elle pouvait passer des heures au piano, perdue dans sa musique. Adèle, quant à elle, était plutôt petite, avec un teint olivâtre et un derrière conséquent, elle marchait en se dandinant comme un canard, un volatile avec lequel elle partageait beaucoup de similitudes. Adèle était toujours en activité et se montrait plus sociable que Simone, mais elle n'avait pas l'oreille musicale.

Les deux sœurs avaient grandi dans un manoir situé à cent trente kilomètres au sud de Paris, à Orléans, ville dont, cinq siècles plus tôt, Jeanne d'Arc avait, comme chacun sait, levé le siège. Dans leur petite enfance, Simone et Adèle étaient persuadées d'appartenir à la plus grande famille de France, car près de cinquante enfants, âgés de quelques semaines à dix-sept ans, occupaient les dortoirs des troisième, quatrième et cinquième étages de leur vaste demeure. Certains étaient sympathiques, d'autres pleins de colère ou timides et une poignée était des terreurs, mais tous avaient en commun d'être des orphelins. Du premier étage où elle vivait, la famille Durand les entendait discuter le soir avant de se coucher et, le matin, faire des glissades sur le sol marbré en poussant des cris stridents. Bien qu'elles aient partagé le même toit qu'eux, Simone et Adèle avaient le vague sentiment inexplicable de vivre séparées de ces enfants. Elles en comprendraient la raison beaucoup plus tard.

M. et Mme Durand, les parents des deux sœurs, avaient fondé cet orphelinat juste après leur mariage et l'avaient dirigé jusqu'à leur mort en pratiquant une politique d'admission très stricte. Leurs filles avaient pris la relève, se consacrant corps et âme aux enfants qui n'avaient personne au monde mais en assouplissant considérablement les pratiques de leurs parents.

– Tous les enfants sans famille sont les bienvenus, avaient-elles coutume de dire, sans condition de race ni de croyance.

Simone et Adèle étaient inséparables. Chaque jour, elles parcouraient ensemble leur domaine, inspectant les massifs de fleurs et donnant des instructions au jardinier. Hormis leurs différences physiques, ce qui les distinguait vraiment c'était la volubilité d'Adèle ; depuis l'instant où elle était réveillée jusqu'au coucher, elle dévidait un véritable flot de paroles. Alors que Simone s'exprimait peu et toujours par phrases courtes, comme si chaque souffle lui coûtait une énergie qu'elle ne pouvait se permettre de gaspiller.

Pierrot fit la connaissance des sœurs Durand un mois environ après le décès de sa mère, le jour où il prit le train à la gare d'Austerlitz, dans ses plus beaux habits, le foulard tout neuf que Mme Bronstein lui avait offert l'après-midi précédent en cadeau d'adieu noué autour du cou. Anshel, d'Artagnan et Mme Bronstein l'avaient accompagné jusqu'à la gare et, pendant tout le trajet, Pierrot avait senti son cœur plus lourd à chaque pas. Il avait peur de l'inconnu et il était triste à cause de maman. Il aurait tant aimé emménager chez son meilleur ami avec son chien. À vrai dire, il était resté plusieurs semaines chez les Bronstein après l'enterrement ; c'est ainsi qu'il avait vu la mère et le fils partir à la synagogue pour shabbat. Il leur avait même demandé s'il pouvait se joindre à eux, mais Mme Bronstein avait répondu que ce n'était pas une bonne idée par les temps qui couraient et qu'il devrait profiter de leur absence pour promener d'Artagnan sur le Champ-de-Mars. Les jours passaient quand, un après-midi, Mme Bronstein était rentrée à la maison avec une de ses amies et il avait surpris leur conversation. La visiteuse disait à Mme Bronstein qu'une de ses cousines avait adopté un petit goy qui était très vite devenu un membre de la famille.

– Le problème n'est pas qu'il soit goy, Ruth, avait répondu Mme Bronstein. Le problème, c'est que je n'ai pas d'argent pour le garder. J'ai peu de ressources, c'est la vérité. Lévi ne m'a pas laissé grand-chose. Je fais illusion ou, du moins, j'essaie, mais ce n'est pas facile pour une veuve. Et je consacre tout ce que j'ai à Anshel.

– Bien sûr, il faut d'abord t'occuper de ton fils, avait repris la dame. Mais il n'y a donc personne qui…

– J'ai tout essayé. Crois-moi, j'ai sonné à toutes les portes. Je suppose que tu ne pourrais pas…

– Non, je regrette. Tu l'as dit toi-même, les temps sont durs. Sans compter que la vie des Juifs à Paris devient de plus en plus compliquée, n'est-ce pas ? Il sera sans doute mieux dans une famille qui ressemble à la sienne.

– Tu as peut-être raison. Excuse-moi, je n'aurais pas dû te le demander.

– Bien sûr que si. Tu fais tout ton possible pour ce petit. Ça te ressemble bien. Ça nous ressemble bien. Mais quand ce n'est pas possible, ce n'est pas possible. À quel moment tu vas lui dire ?

– Ce soir, je pense. Ce ne sera pas facile.

Pierrot était retourné dans la chambre d'Anshel, ébahi par ce qu'il avait entendu, puis il avait cherché le mot *goy* dans le dictionnaire et n'avait pas compris le rapport avec lui. Il était resté un long moment assis sur le lit à lancer en l'air la kippa d'Anshel qu'il avait trouvée accrochée au dossier d'une chaise. Lorsque Mme Bronstein était entrée dans la pièce un peu plus tard, il la portait sur la tête.

– Retire ça ! avait-elle ordonné d'un ton sec en lui arrachant la kippa avant de la remettre à sa place sur la chaise.

C'était la première fois de sa vie qu'il l'entendait lui parler avec dureté.

– On ne joue pas avec ces choses-là. Ce n'est pas un jouet, c'est sacré.

Pierrot n'avait rien dit, mais il s'était senti à la fois honteux et désemparé. Il n'avait pas le droit d'aller à la synagogue, pas le droit de porter le couvre-chef de son meilleur ami. Il était évident qu'il était indésirable dans cette maison. Et quand Mme Bronstein lui avait révélé l'endroit où il allait être envoyé, plus aucun doute n'avait subsisté.

– Je regrette, Pierrot, avait-elle dit après avoir terminé ses explications. Mais je n'ai entendu que du bien de cet orphelinat. Je suis sûre que tu y seras heureux. Et peut-être qu'une famille merveilleuse t'adoptera.

– Et d'Artagnan ? avait demandé Pierrot en regardant le petit chien endormi à ses pieds.

– On s'occupera de lui, avait répondu Mme Bronstein. Il aime les os, n'est-ce pas ?

– Il adore les os.

– Grâce à M. Abraham, je peux en avoir gratuitement. Il

a promis de m'en mettre de côté tous les jours en souvenir de ta mère à laquelle sa femme et lui étaient très attachés.

Pierrot n'avait rien dit. En revanche, il était certain que si les choses avaient été différentes, maman aurait pris Anshel à la maison. Contrairement à ce que prétendait Mme Bronstein, cela avait sans doute à voir avec le fait qu'il soit goy. Pour l'heure, il était terrorisé à l'idée d'être seul au monde et ne pouvait s'empêcher d'être triste en songeant que son ami aurait d'Artagnan pour lui tenir compagnie alors que lui n'aurait personne.

J'espère que je n'oublierai pas comment faire ça, avait-il avoué en signes à Anshel tandis qu'ils attendaient le retour de Mme Bronstein partie acheter son aller simple.

Tu viens de me dire que tu espérais ne pas te changer en aigle, lui avait répondu Anshel en riant avant de le corriger.

Tu vois ! avait soupiré Pierrot en regrettant de ne pouvoir jeter toutes les figures en l'air pour qu'elles retombent sur le bout de ses doigts dans le bon ordre. *J'oublie déjà.*

Mais non. Tu es encore en train d'apprendre.

Tu te débrouilles cent fois mieux que moi.

Anshel avait souri.

Je n'ai pas le choix.

En entendant la vapeur s'échapper de la boîte à fumée de la locomotive puis le sifflement strident du contrôleur, Pierrot avait tourné la tête, l'estomac noué d'angoisse à cet appel impérieux lancé aux voyageurs pour qu'ils rejoignent leur quai. Bien sûr, il était excité à la perspective du voyage qu'il allait entreprendre, car il n'avait jamais pris le train auparavant, mais il aurait voulu que ce fameux voyage ne prenne jamais fin, tant il redoutait ce qui l'attendait une fois à destination.

On s'écrira, Anshel, avait dit Pierrot. *Il ne faut pas qu'on perde le contact.*

Toutes les semaines.

Pierrot avait dessiné le signe du renard, Anshel celui du chien, et ils avaient brandi les deux symboles en l'air en gage de leur amitié éternelle. Ils auraient bien aimé s'embrasser, mais avec tout ce monde autour d'eux, ils s'étaient sentis gênés et s'étaient serré la main pour se quitter.

– Au revoir, Pierrot, avait dit Mme Bronstein en se penchant pour l'embrasser, mais, avec le vacarme du train et les mouvements de la foule, il l'entendait mal.

– C'est parce que je ne suis pas juif, n'est-ce pas ? avait-il demandé en la regardant droit dans les yeux. Vous n'aimez pas les goys et vous ne voulez pas que l'un d'entre eux vive chez vous.

– Quoi ? s'était exclamée Mme Bronstein en se redressant d'un air outré. Qui peut t'avoir donné une idée pareille ? Ça ne m'a jamais effleuré l'esprit ! Écoute, tu es intelligent. Tu as sûrement remarqué que l'attitude des gens à l'égard des Juifs avait changé – tu as entendu les noms dont on nous traite, senti la rancœur qu'on suscite.

– Mais si j'avais été juif, vous vous seriez débrouillée pour me garder avec vous, je le sais.

– Tu te trompes, Pierrot. Je pense d'abord à ta sécurité et…

– En voiture ! avait hurlé le contrôleur. En voiture, s'il vous plaît !

– Au revoir, Anshel, avait dit Pierrot en tournant le dos à Mme Bronstein avant de monter dans le wagon.

– Pierrot ! avait-elle crié. Reviens, s'il te plaît ! Je vais t'expliquer – tu te trompes complètement !

Mais il ne lui avait pas accordé un regard. Sa vie à Paris était derrière lui, il en était certain désormais. Il avait refermé la portière, pris une profonde inspiration et s'était avancé à la rencontre de son nouveau destin.

Une heure et demie plus tard, le contrôleur lui tapotait l'épaule en lui indiquant les clochers de la cathédrale qui se dressaient derrière la vitre.

– Tu y es, dit l'homme en lui montrant l'étiquette que Mme Bronstein avait épinglée au revers de sa veste et sur laquelle étaient écrits, en grosses lettres noires, son nom : Pierrot Fischer et sa destination : Orléans. C'est ton arrêt.

Pierrot déglutit avec difficulté, il sortit sa petite valise de sous le siège et se dirigea vers la sortie juste quand le train faisait halte. Une fois sur le quai, il attendit que la vapeur se dissipe pour voir si quelqu'un était venu l'attendre. Un éclair de panique lui fit se demander ce qu'il ferait au cas où personne ne se montrerait. Qui s'occuperait de lui ? Il n'avait que sept ans, après tout, et n'avait pas de quoi acheter un billet de retour pour Paris. Comment parviendrait-il à se nourrir ? Où dormirait-il ? Qu'adviendrait-il de lui ?

Il sentit une main se poser sur son épaule et se retourna. Devant lui se tenait un homme rougeaud qui se pencha pour arracher l'étiquette à son revers, l'approcha de ses yeux avant de n'en faire qu'une boule et de la jeter.

– Tu viens avec moi, annonça-t-il en se dirigeant vers une carriole tirée par un cheval.

Mais Pierrot resta cloué au sol.

– Dépêche-toi, ajouta l'homme en se retournant. Mon temps est précieux même si le tien ne l'est pas.

– Qui êtes-vous ? demanda Pierrot, refusant de suivre l'homme au cas où il le confierait à un fermier en quête de main-d'œuvre pour ses moissons et qui ferait de lui son esclave.

Anshel avait écrit une histoire à propos d'un garçon à qui il était arrivé la même mésaventure. L'histoire se terminait très mal pour tout le monde.

– Qui je suis ? avait répété l'homme en riant de l'audace de Pierrot. Je suis celui qui va te botter le derrière si tu n'actives pas le mouvement.

Pierrot ouvrit de grands yeux. Il était à peine arrivé à Orléans qu'il était déjà menacé de violences. Il secoua la tête d'un air de défi et s'assit sur sa valise.

– Je regrette. Mais je n'ai pas le droit de suivre des inconnus.

– Ne t'inquiète pas, on ne va pas rester inconnus bien

longtemps, dit l'homme avec un sourire qui lui radoucit le visage.

Il devait avoir dans les cinquante ans et ressemblait à M. Abraham, le patron du restaurant, sauf pour la barbe qu'il n'avait manifestement pas rasée depuis plusieurs jours et pour ses frusques mal assorties.

– Tu t'appelles bien Pierrot Fischer, n'est-ce pas ? C'était écrit au revers de ta veste de toute façon. Les sœurs Durand m'ont envoyé te chercher. Je m'appelle Houper. Je fais des bricoles pour elles de temps à autre. Et parfois, je viens chercher les orphelins qui arrivent par le train. Du moins, ceux qui voyagent seuls.

– Je comprends, dit Pierrot en se levant. Je pensais qu'elles seraient venues en personne.

– En ayant laissé ces petits monstres prendre les rênes de l'établissement ? Aucune chance. Le manoir ne serait plus qu'une ruine à leur retour.

L'homme s'avança pour charger la valise de Pierrot et son ton se fit plus amène.

– Écoute, tu n'as aucune raison d'avoir peur. C'est une bonne maison. Elles sont très gentilles toutes les deux. Alors, qu'en dis-tu ? Tu viens avec moi ?

Pierrot jeta un regard autour de lui. Le train était reparti et, partout, il ne voyait que des champs. Il n'avait pas le choix.

– D'accord, dit-il.

Moins d'une heure plus tard, il se trouvait dans un bureau

bien rangé avec deux fenêtres gigantesques donnant sur un jardin entretenu avec soin. Les sœurs Durand étaient en train de l'examiner de la tête aux pieds comme s'il était une pièce de bétail qu'elles envisageaient d'acheter à une foire aux bestiaux.

– Quel âge as-tu ? demanda Simone en approchant une paire de lunettes de ses yeux avant de la laisser retomber sur sa poitrine.

– J'ai sept ans, répondit Pierrot.

– C'est impossible, tu es trop petit.

– J'ai toujours été petit, se défendit-il. Mais j'ai bien l'intention de grandir un jour.

– Vraiment ? s'étonna Simone.

– Sept ans, quel âge merveilleux ! s'exclama Adèle en tapant des mains et en souriant. Les enfants sont toujours heureux à cet âge-là, ils s'émerveillent de tout.

– Chérie, l'interrompit Simone en posant la main sur le bras de sa sœur. La mère de l'enfant vient de mourir. Je doute qu'il se sente particulièrement guilleret.

– Bien sûr, bien sûr, renchérit Adèle, le visage plus grave cette fois. Tu as sans doute encore du chagrin. C'est une chose terrible que ma sœur et moi comprenons fort bien. Je voulais simplement dire que je trouve les garçons de ton âge plutôt charmants. Ils ne deviennent mauvais que vers treize ou quatorze ans. Ce ne sera sûrement pas ton cas. J'ose espérer que tu seras un des bons éléments.

– Chérie, répéta doucement Simone.

– Pardon, reprit Adèle. Je m'égare, n'est-ce pas ? Permets-moi de te dire ceci…

Elle s'éclaircit la voix comme si elle allait s'adresser à une foule d'ouvriers en colère.

– Nous sommes très heureuses de t'avoir avec nous, Pierrot. Je suis certaine que tu seras une formidable recrue à ajouter à ce que nous nous plaisons à imaginer comme notre petite famille, ici, à l'orphelinat. Dieu que tu es beau ! Et quels yeux bleus magnifiques ! J'ai eu un épagneul avec les mêmes yeux que les tiens. Je ne te compare évidemment pas à un chien. Ce serait d'une grossièreté effroyable. Je veux seulement dire que tu me rappelles ce chien, voilà tout. Simone, tu ne trouves pas qu'il a les yeux de Casper ?

Simone haussa un sourcil et jeta un long regard à Pierrot, puis secoua la tête.

– Non, répondit-elle.

– Et pourtant, on le dirait vraiment ! s'écria Adèle avec un tel ravissement que Pierrot en vint à se demander si elle ne le prenait pas pour la réincarnation de son chien. Tout d'abord, poursuivit-elle, la mine plus sérieuse, Simone et moi sommes navrées de ce qui est arrivé à ta chère mère. Si jeune et si vaillante, à ce qu'il paraît. Et après toutes les épreuves qu'elle a traversées dans sa vie. Qu'un être avec de telles raisons de vivre te soit arraché au moment où tu en as le plus besoin est d'une cruauté inouïe. Et j'ose dire qu'elle t'aimait beaucoup. Tu n'es pas de mon avis, Simone ? Tu ne penses pas que Mme Fischer devait aimer Pierrot de tout son cœur ?

Simone leva les yeux du registre dans lequel elle était en train de consigner la taille de Pierrot et divers détails concernant sa condition physique.

– Je suppose que toutes les mères aiment leur fils, répondit-elle. Cela n'appelle pas de commentaire.

– Quant à ton père, reprit Adèle, il est mort depuis quelques années, n'est-ce pas?

– Oui, dit Pierrot.

– Et tu n'as pas de famille?

– Non. Mon père avait une sœur, il me semble, mais je ne la connais pas. Elle n'est jamais venue nous voir. Elle ne connaît sans doute pas mon existence et ne sait pas non plus que mes parents sont morts. Je n'ai pas son adresse.

– Quel dommage!

– Combien de temps je vais devoir rester ici? demanda Pierrot fasciné par les nombreux cadres et dessins dans la pièce.

Sur le bureau, il remarqua la photographie d'un homme et d'une femme assis dans des fauteuils séparés par un large espace; ils arboraient une expression empreinte d'une telle sévérité que Pierrot se demanda s'ils n'avaient pas été surpris en pleine dispute. À leurs traits, il reconnut les parents des deux sœurs. De l'autre côté du bureau, sur une autre photographie, on pouvait voir deux petites filles se tenant par la main et, devant elles, un garçon un peu plus jeune. Au mur, une troisième photographie attira son regard. C'était celle d'un jeune homme avec une fine moustache, portant l'uniforme de l'armée française. Il posait de profil, si bien que, de l'endroit où était accrochée la photographie, on aurait dit qu'il regardait par la fenêtre d'un air pensif.

– En quelques mois, la plupart de nos orphelins sont placés dans d'excellentes familles, répondit Adèle en s'asseyant sur le divan avant de faire signe à Pierrot de la rejoindre. Les hommes et les femmes de grand cœur qui souhaitent fonder une famille mais n'ont pas eu la chance d'avoir des enfants ne manquent pas. Et puis, il y a ceux qui, par pure gentillesse et charité, veulent agrandir leur propre famille. Tu ne dois jamais sous-estimer la gentillesse des gens, Pierrot.

– Ou leur cruauté, marmonna Simone derrière le bureau.

Surpris, Pierrot lui lança un regard mais elle ne leva pas les yeux.

– Parmi les enfants adoptés, certains n'étaient à l'orphelinat que depuis quelques semaines, voire quelques jours, continua Adèle sans tenir compte de la remarque de sa sœur. Et d'autres depuis plus longtemps, bien sûr. Une fois, un petit garçon de ton âge qui nous avait été confié le matin était déjà reparti à l'heure du déjeuner. Nous n'avons même pas eu le temps de faire sa connaissance, n'est-ce pas, Simone ?

– Oui, confirma celle-ci.

– Comment s'appelait-il ?

– Je ne me rappelle pas.

– Ce n'est pas grave, reprit Adèle. L'important, c'est

qu'on ne sait jamais à quel moment un enfant va trouver une famille. Ce qui risque de t'arriver, Pierrot.

– Il est cinq heures, dit-il. La journée est presque terminée.

– Je voulais simplement dire…

– Et combien d'enfants ne sont jamais adoptés ? demanda-t-il.

– Pardon ?

– Combien d'enfants ne sont jamais adoptés ? répéta-t-il. Combien d'entre eux restent ici jusqu'à l'âge adulte ?

– Je vois, dit Adèle dont le sourire avait pâli. J'aurais du mal à te donner un chiffre, bien sûr. Cela arrive parfois, c'est certain, mais pas à toi, j'en suis sûre. Enfin ! N'importe quelle famille serait heureuse de t'avoir. Mais ne nous préoccupons pas de cela pour l'instant. Que ton séjour soit long ou court, nous nous efforcerons de le rendre le plus agréable possible. Ce qui compte maintenant, c'est que tu t'installes, que tu rencontres tes nouveaux amis et que tu te sentes chez toi. Tu as peut-être entendu des histoires épouvantables sur les orphelinats, Pierrot, parce que nombreux sont ceux qui racontent des choses effroyables – comme cet Anglais, M. Dickens, qui nous traite très mal dans ses romans –, mais je peux t'assurer que rien de fâcheux ne se déroule dans notre établissement. Nous dirigeons une maison joyeuse pour tous nos garçons et nos filles. Alors, si, par hasard, tu te sens seul ou que tu as peur, il te suffit de te mettre en quête de Simone ou de moi, et nous serons ravies de t'aider. N'est-ce pas, Simone ?

– Adèle est généralement facile à trouver, fit remarquer l'aînée.

– Où je vais dormir ? demanda Pierrot. J'aurai une chambre pour moi tout seul ?

– Oh, non, répondit Adèle. Même Simone et moi n'avons pas de chambre individuelle. Ce n'est pas le château de Versailles, ici ! Nous avons des dortoirs. Séparés, évidemment, pour garçons et filles. Alors ne t'inquiète pas de ce côté-là. Chaque dortoir compte dix lits, mais celui qui t'a été attribué est calme en ce moment, car vous n'êtes que sept à y dormir. Tu pourras choisir le lit libre à ta convenance. Tout ce que nous te demandons, c'est de ne plus changer par la suite. Cela rend les choses plus faciles le jour de la grande toilette. Tu pourras prendre un bain tous les mercredis soir… (Sur ce, elle se pencha vers lui pour humer l'air), et tu ferais bien d'en prendre un ce soir aussi pour te débarrasser de la poussière de Paris et de la saleté du train. Tu sens un peu fort, mon grand. Le lever est à six heures trente, puis c'est le petit déjeuner, les cours, le déjeuner, d'autres cours encore, des jeux, le dîner et enfin le coucher. Tu vas adorer ta vie ici, Pierrot, je n'en doute pas une seconde. Et nous allons faire l'impossible pour te trouver une famille merveilleuse. Vois-tu, c'est la chose étrange concernant notre profession. Nous sommes ravies de te voir arriver et serons encore plus heureuses de te voir partir. Ce n'est pas la vérité, Simone ?

– Si, confirma celle-ci.

Adèle se leva et pria Pierrot de la suivre afin qu'elle lui

fasse visiter l'orphelinat, mais, au moment de sortir de la pièce, il remarqua un objet brillant à l'intérieur d'une petite vitrine et s'en approcha. Le nez appuyé contre la vitre, il vit alors une médaille en bronze avec un motif central suspendue à un ruban rayé rouge et blanc. Une broche en bronze également sur laquelle était gravé « Engagé volontaire » était accrochée au ruban. Au bas de la vitrine, une petite bougie brûlait devant une autre photographie, plus petite cette fois, du jeune homme à la fine moustache, qui souriait et agitait la main d'un train qui s'éloignait d'une gare. Pierrot reconnut aussitôt le quai, c'était celui sur lequel il était descendu un peu plus tôt dans la journée.

– C'est quoi ? demanda Pierrot en montrant la médaille. Et c'est qui ?

– Ça ne te regarde pas, répondit Simone en se levant, et Pierrot fit demi-tour, inquiet de lui voir un air si grave. Tu ne dois jamais y toucher ni t'en mêler. Adèle, accompagne-le à sa chambre. Maintenant, s'il te plaît !

3

Une lettre d'un ami et
une autre d'une inconnue

À l'orphelinat, tout n'était pas aussi rose qu'Adèle Durand le prétendait. Les lits étaient durs et les couvertures fines. Quand la nourriture était abondante, elle était insipide et quand elle était rare, elle était bonne.

Pierrot s'efforçait de se faire des amis, mais ce n'était pas simple dans la mesure où les autres enfants se connaissaient déjà depuis longtemps et n'étaient pas disposés à accepter de nouveaux venus dans leurs bandes. Le petit groupe qui aimait la lecture ne voulait pas de Pierrot dans ses discussions, au motif que celui-ci n'avait pas lu les mêmes livres qu'eux. D'autres avaient passé des mois à construire un village miniature avec du bois ramassé dans la forêt voisine et, sous prétexte que Pierrot ne connaissait pas la différence entre un biseau et un petit rabot, ils ne pouvaient envisager de le laisser détruire une œuvre qui leur avait demandé tant de travail. Quant à ceux qui jouaient au foot tous les après-midi en empruntant les noms de leurs joueurs préférés en équipe de France (Courtois, Mattler, Delfour), ils autorisèrent effectivement Pierrot à jouer une fois comme gardien de but, mais son équipe ayant perdu – onze à zéro – ils décrétèrent qu'il était trop petit pour arrêter les ballons tirés en hauteur et que, de toute façon, les autres postes étaient pourvus.

– Désolés, Pierrot, prétendirent-ils.

La seule personne avec laquelle il passait du temps était une fille plus âgée que lui d'un an ou deux, qui s'appelait Josette. Elle était arrivée à l'orphelinat trois ans plus tôt après le décès de ses parents, morts dans un accident ferroviaire près de Toulouse. Elle avait déjà été adoptée deux fois et, chaque fois, avait été renvoyée comme un vulgaire paquet, les familles la trouvant trop turbulente à leur goût.

– Le premier couple était horrible, raconta-t-elle à Pierrot un matin qu'ils étaient assis sous un arbre, les doigts de pied enfouis dans l'herbe humide de rosée. Ils ne voulaient pas m'appeler Josette. Ils avaient toujours rêvé d'avoir une fille qui porterait le prénom de Marie-Louise. Quant au deuxième, ils avaient juste besoin d'une domestique non payée. Ils m'obligeaient à frotter les sols et à laver la vaisselle du matin au soir, comme Cendrillon. Alors j'ai fait du bazar jusqu'à ce qu'ils me laissent partir. De toute façon, j'aime Simone et Adèle, ajouta-t-elle. Je me laisserai peut-être adopter un jour. Mais pas tout de suite. Je suis très bien où je suis.

Le pire des orphelins était un garçon du nom de Hugo qui avait vécu pratiquement toute sa vie au manoir – onze ans – et que tout le monde considérait comme le chouchou des sœurs Durand, mais qui était aussi le plus inquiétant des enfants. Il avait les cheveux longs jusqu'aux épaules et dormait dans le même dortoir que Pierrot – qui avait commis l'erreur de choisir le lit à côté du sien. Hugo ronflait très fort, si bien que Pierrot était parfois contraint de rabattre les couvertures sur sa tête pour ne pas l'entendre. Il avait même tenté d'améliorer les choses en se bouchant les oreilles avec des bouts de papier journal. Simone et Adèle n'avaient jamais proposé Hugo à l'adoption et lorsque des couples se présentaient pour rencontrer des enfants, il restait dans son dortoir, ne se débarbouillait pas le visage, n'enfilait pas de chemise propre et ne souriait pas aux adultes comme le faisaient tous les autres orphelins.

Le passe-temps favori de Hugo était d'arpenter les couloirs en quête d'une victime à tyranniser. Et comme Pierrot était petit et fluet, il était la cible idéale.

Les sévices pouvaient prendre des formes diverses, dont aucune ne démontrait une grande imagination. Hugo attendait que Pierrot se soit endormi pour lui tremper la main dans un bol d'eau tiède – ce qui conduisait Pierrot à faire quelque chose dont il n'était plus coutumier depuis l'âge de trois ans. Ou il refermait les bras autour du dossier de la chaise de Pierrot au moment où celui-ci voulait s'asseoir, l'obligeant à rester debout jusqu'à ce que le maître le réprimande. Ou bien, après le bain, il lui cachait sa serviette de toilette et Pierrot n'avait d'autre choix que courir, rouge de honte, jusqu'au dortoir où les autres garçons l'attendaient pour se moquer de lui en le montrant du doigt. Et parfois, Hugo s'en remettait aux méthodes traditionnelles qui avaient fait leurs preuves – se contentant d'attendre Pierrot au détour d'un couloir pour lui sauter dessus et le bourrer de coups de poing dans le ventre avant de l'abandonner, les habits déchirés et des bleus un peu partout.

– Qui t'a fait ça ? lui demanda Adèle un après-midi qu'elle le trouva assis seul près de l'étang en train d'examiner une coupure sur son bras. S'il y a bien une chose que je ne supporte pas, ce sont les brutalités.

– Je ne peux pas vous le dire, répondit Pierrot, incapable de lever les yeux – l'idée d'être un rapporteur lui répugnait.

– Mais tu le dois, insista-t-elle. Sinon je ne peux pas t'aider. C'est Laurent ? Il a déjà eu des ennuis à cause de cela.

– Non, ce n'est pas Laurent, dit Pierrot en secouant la tête.

– C'est Sylvestre, alors ? Il est toujours prêt à faire des bêtises.

– Ce n'est pas Sylvestre non plus.

Adèle détourna le regard et poussa un profond soupir.

– C'est Hugo, n'est-ce pas ? interrogea-t-elle après un long silence et, au ton de sa voix, Pierrot comprit qu'elle avait toujours su qu'il s'agissait de Hugo tout en espérant se tromper.

Pierrot ne dit rien, se contentant de pousser du pied des

petits cailloux qu'il regarda dévaler la berge avant de disparaître dans l'eau.

– Je peux retourner au dortoir ? demanda-t-il.

Adèle acquiesça et, tandis qu'il traversait le jardin pour rentrer, Pierrot sentit son regard qui ne le quittait pas d'une semelle.

L'après-midi suivant, Pierrot et Josette parcouraient la propriété à la recherche d'une famille de grenouilles découverte quelques jours plus tôt. Pierrot était en train de lui dire qu'il avait reçu une lettre d'Anshel le matin même.

– Qu'est-ce que vous vous racontez ? demanda Josette qui ne recevait jamais de courrier et était intriguée.

– Il s'occupe de mon chien, d'Artagnan, répondit Pierrot. Alors, il me parle beaucoup de lui et du quartier où j'ai grandi. Apparemment, une émeute a éclaté pas très loin.

Josette connaissait la nouvelle pour l'avoir lue la semaine précédente dans un article qui réclamait que tous les Juifs soient guillotinés. Il faut dire que de plus en plus de journaux condamnaient les Juifs et manifestaient le souhait de les voir partir, Josette n'en perdait pas une miette.

– Et puis il m'envoie les histoires qu'il écrit, poursuivit Pierrot. Il veut devenir…

Avant qu'il puisse terminer sa phrase, Hugo et ses deux acolytes, Gérard et Marc, surgissaient de derrière un bosquet, armés de bâtons.

– Regardez qui va là, lança Hugo, le visage barré d'un sourire en s'essuyant le nez du revers de la main pour se débarrasser d'un long filet de quelque chose de dégoûtant. Ce ne serait pas notre petit couple, M. et Mme Fischer ?

– Va-t'en, Hugo, dit Josette en essayant de passer devant lui, mais il lui barra le passage en sautant d'un bond, ses deux bâtons brandis en croix devant lui.

– C'est mon territoire, revendiqua-t-il. Tout individu qui le traverse me doit un gage.

Josette soupira à fendre l'âme comme si elle ne se faisait pas à l'idée que les garçons puissent être aussi agaçants mais refusa de céder, elle le regarda droit dans les yeux, les bras croisés. Pierrot, lui, resta en arrière, regrettant amèrement de s'être aventuré dans le parc.

– Alors, vas-y, à combien se monte le gage ? demanda-t-elle.

– Cinq francs, répondit Hugo.

– Je te les devrai.

– Dans ce cas, je vais être obligé d'ajouter des intérêts. Un franc par jour de retard.

– Parfait, dit Josette. Préviens-moi quand j'aurai atteint le million pour que j'aille à la banque faire le virement sur ton compte.

– Tu te crois intelligente ? demanda Hugo en levant les yeux au ciel.

– Plus que toi, en tout cas.

– J'aimerais voir ça.

– Elle l'est, renchérit Pierrot, sentant qu'il devait se manifester au risque de passer pour un lâche.

Hugo se tourna vers lui avec un petit sourire.

– Tu voles au secours de ta petite amie, Fischer ? Tu es fou amoureux, c'est ça ? demanda-t-il et il lui tourna le dos, passant ses bras autour de son corps pour mimer des caresses, le tout accompagné de petits bruits de baisers.

– Je ne sais pas si tu te rends compte à quel point tu es ridicule, dit Josette, et Pierrot ne put s'empêcher de rire, même si provoquer Hugo n'était manifestement pas une bonne idée, vu son visage cramoisi.

– Ne fais pas la maligne avec moi, menaça-t-il en lui enfonçant durement l'extrémité de son bâton dans l'épaule. N'oublie pas qui est le maître ici.

– Ha ! s'exclama Josette. Tu te crois le maître ? Mais qui laisserait un sale Juif diriger quoi que ce soit ?

L'assurance de Hugo fut ébranlée, il plissa le front de perplexité et de déception.

– Pourquoi tu dis une chose pareille ? Je plaisantais.

– Tu ne plaisantes jamais, Hugo, répliqua-t-elle avec un geste de dénégation. Tu ne peux pas t'en empêcher, n'est-ce pas ? C'est dans ta nature. Qu'est-ce que je pourrais attendre d'un cochon à part un grognement.

Pierrot fronça les sourcils. Ainsi, Hugo était juif ? Il aurait bien ri aux remarques de Josette, mais lui revinrent à la mémoire les noms dont les garçons de sa classe traitaient Anshel et la blessure qu'il en ressentait.

– Tu sais pourquoi Hugo a les cheveux longs, Pierrot ? demanda Josette en se tournant vers celui-ci. C'est parce qu'il a des cornes. S'il se les faisait couper, tout le monde les verrait.

– Arrête ! s'écria Hugo d'un ton moins bravache.

– Je parie que si on lui baisse son pantalon, il aura une queue.

– Arrête ! répéta Hugo, plus fort.

– Pierrot, toi qui dors dans la même chambre que lui, tu as vu sa queue quand il enfile son pyjama ?

– Elle est très longue et couverte d'écailles, répondit Pierrot dont le courage revenait maintenant que Josette avait le dessus. Un peu comme une queue de dragon.

– Si j'étais toi, je ne partagerais rien avec lui, dit-elle. Il est préférable de ne pas se mêler à ces gens-là. Tout le monde est d'accord là-dessus. Il y en a quelques-uns à l'orphelinat. Ils devraient être réunis dans le même dortoir. Ou bien renvoyés.

– Tais-toi ! rugit Hugo en avançant vers elle.

Josette fit un saut en arrière juste au moment où Pierrot s'interposait. Hugo balança un coup de poing qui cueillit Pierrot sur le nez. Un craquement sinistre se fit entendre et il mordit la poussière, du sang dégoulina sur sa bouche. Josette poussa un hurlement en voyant Pierrot s'effondrer et Hugo en resta bouche bée de surprise. Un instant plus tard, il disparaissait parmi les arbres, Gérard et Marc dans son sillage.

Une drôle de sensation parcourut le visage de Pierrot, une sensation pas vraiment désagréable, un peu comme si un gros éternuement se préparait. Mais un mal de tête se mit à cogner derrière ses yeux et sa bouche se fit sèche. Il regarda Josette qui se tenait les mains plaquées sur les joues, choquée.

– Je vais bien, dit-il en se relevant bien qu'il eût les jambes faibles. Ce n'est qu'une égratignure.

– Mais non, répliqua Josette. Il faut aller voir les sœurs tout de suite.

– Je vais bien, répéta Pierrot en se tâtant le visage pour vérifier que tout était en place.

En retirant sa main, il s'aperçut qu'il avait les doigts pleins de sang, il ouvrit de grands yeux et repensa au mouchoir taché de sang que maman avait fait disparaître le soir de son anniversaire.

– Ce n'est pas bon, dit-il avant que les arbres autour de lui ne se mettent à tourner ; ses jambes se dérobèrent sous lui et il tomba, évanoui.

À son réveil, il fut surpris de constater qu'il était allongé sur le divan du bureau des sœurs Durand. Devant le lavabo, Simone était en train d'essorer un gant de toilette qu'elle venait de passer sous l'eau. Elle redressa une photographie sur le mur au passage, puis s'avança vers lui et lui posa le gant sur l'arête du nez.

– Te voilà réveillé, dit-elle.

– Que s'est-il passé ? demanda-t-il en se redressant sur les coudes.

Il avait toujours la migraine, sa bouche était sèche et son visage cuisait à l'endroit où Hugo l'avait frappé.

– Tu n'as pas le nez cassé, répondit Simone en s'asseyant sur une chaise à côté de lui. Au début, je l'ai cru, mais non. Cela dit, tu vas sans doute avoir mal pendant quelques jours et tu risques d'avoir un œil au beurre noir lorsque l'œdème se sera résorbé. Si tu as l'âme sensible, évite de te regarder dans la glace.

Pierrot déglutit et demanda un verre d'eau. Depuis son arrivée à l'orphelinat, plusieurs mois auparavant, Simone Durand ne lui avait jamais parlé aussi longtemps. En général, elle ne lui adressait même pas la parole.

– J'irai trouver Hugo, dit-elle. J'exigerai qu'il te présente ses excuses. Et je peux t'assurer que cela ne se reproduira plus.

– Ce n'était pas Hugo, s'insurgea-t-il mollement car, malgré la douleur, il détestait l'idée d'attirer des ennuis à quelqu'un.

– Je sais que c'était lui, insista Simone. D'abord, Josette me l'a dit et, de toute façon, je l'aurais deviné.

– Pourquoi ne m'aime-t-il pas ? murmura Pierrot en levant les yeux vers Simone.

– Ce n'est pas ta faute, répondit-elle. C'est la nôtre. Celle d'Adèle et la mienne. Nous avons fait des erreurs avec lui. Beaucoup d'erreurs.

– Mais vous vous occupez de lui, s'indigna Pierrot. Comme vous vous occupez de nous tous. Et pourtant, on ne fait pas partie de votre famille. Il devrait s'estimer heureux.

Simone tapota les bords de sa chaise comme si elle soupesait l'importance de livrer un secret.

– À vrai dire, il fait partie de notre famille. C'est notre neveu, dit-elle.

Pierrot écarquilla les yeux de surprise.

– Je ne savais pas. J'ai cru qu'il était un orphelin comme nous.

– Son père est mort il y a cinq ans. Et sa mère…

Elle secoua la tête et essuya une larme.

– Nos parents ont été odieux avec elle. Ils avaient des idées datées et stupides sur les gens. Ils l'ont fait partir. Mais le père de Hugo était notre frère, Jacques.

Pierrot tourna les yeux vers la photographie des deux petites filles qui se tenaient par la main avec le garçon plus jeune devant elles, puis celle de l'homme à la fine moustache en uniforme de l'armée française.

– Que lui est-il arrivé ? demanda-t-il.

– Il est mort en prison. Cela faisait plusieurs mois qu'il était incarcéré quand Hugo est né. Il ne l'a pas connu.

Pierrot réfléchit à ce qu'il venait d'entendre. Il n'avait jamais rencontré personne qui soit allé en prison. Il repensa à l'histoire de l'homme au masque de fer, Philippe, frère du roi Louis XIV, enfermé à tort à la Bastille et qui lui avait fait faire nombre de cauchemars.

– Pourquoi était-il en prison ? demanda-t-il.

– Notre frère, comme ton père, a combattu pendant la Grande Guerre, lui raconta Simone. Certains soldats ont pu reprendre une vie normale à leur retour, mais beaucoup – une grande majorité, à mon avis – n'ont pas pu supporter le souvenir de ce qu'ils avaient vu et fait. Bien sûr, des médecins se sont attachés à faire comprendre au reste du monde le traumatisme vécu par ces hommes il y a vingt ans. Il suffit de penser au travail du docteur Jules Persoinne en France et à celui du docteur Alfie Summerfield en Angleterre, qui ont consacré leur vie à sensibiliser le public aux souffrances de la génération précédente et à souligner la responsabilité qui incombait à chacun de les aider.

– Mon père faisait partie de ceux-là, dit Pierrot. Maman disait toujours que, même s'il n'était pas mort à la Grande Guerre, la guerre l'avait tué.

– Je comprends ce qu'elle voulait dire, acquiesça Simone. Pour Jacques, ce fut la même chose. C'était un garçon merveilleux, plein de vie et de fantaisie. L'incarnation de la gentillesse. Mais, à son retour… il était très différent et s'est rendu coupable d'actes épouvantables. Mais il avait servi son pays avec honneur.

Elle se leva pour aller chercher dans la vitrine la médaille que Pierrot avait observée le jour de son arrivée.

– Tu veux la regarder ? demanda-t-elle en la lui tendant.

Pierrot hocha la tête et prit délicatement la médaille entre ses mains, faisant courir ses doigts sur le motif central.

– Elle lui a été remise pour son courage, expliqua-t-elle en reprenant la médaille pour la remettre dans la vitrine. C'est tout ce qui nous reste de lui. Pendant dix ans, il n'a cessé d'entrer en prison et d'en sortir. Adèle et moi lui rendions visite très souvent, mais c'était insupportable de le voir dans cette horrible situation, traité si mal par un pays auquel il avait sacrifié sa tranquillité d'esprit. Ce fut un drame – et pas seulement pour nous, pour de nombreuses autres familles, comme la tienne, Pierrot, si je ne me trompe ?

Il acquiesça sans rien dire.

– Jacques est mort en prison et, depuis, nous nous occupons de Hugo. Il y a quelques années, nous lui avons expliqué l'odieuse façon dont nos parents avaient traité sa mère et dont notre pays avait traité son père. Peut-être était-il trop jeune et aurions-nous dû attendre qu'il soit plus mûr. Il est plein d'une terrible colère qui s'exprime malheureusement dans la façon dont il se comporte avec les autres orphelins. Ne sois pas trop dur avec lui, Pierrot. Peut-être te tarabuste-t-il davantage parce que tu es celui avec lequel il a le plus de choses en commun.

Pierrot s'efforça de ressentir de la compassion pour Hugo, mais ce n'était pas chose facile. Après tout, comme l'avait fait remarquer Simone, leurs pères respectifs avaient vécu des expériences similaires et lui ne passait pas son temps à gâcher la vie des autres.

– Au moins, elle est terminée, finit-il par dire. Je parle de la guerre. Il n'y en aura pas d'autre, n'est-ce pas ?

– J'espère que non, répondit Simone au moment où la porte du bureau s'ouvrait sur Adèle, brandissant une lettre.

– Vous voilà ! s'écria-t-elle en les regardant tour à tour. Je vous ai cherchés. Qu'est-ce qui t'est arrivé ? demanda-t-elle en se penchant pour examiner les bleus sur le visage de Pierrot.

– Je me suis battu, répondit-il.

– Tu as gagné ?

– Non.

– Pas de chance. Mais ceci devrait te rendre le sourire. J'ai de bonnes nouvelles pour toi. Tu vas bientôt nous quitter.

Pierrot fixa les sœurs tour à tour avec des yeux incrédules.

– Une famille veut de moi ?

– Pas une famille, dit Adèle en souriant. Ta famille !

– Adèle, tu veux bien nous expliquer ce qui se passe ? demanda Simone en lui prenant la lettre des mains pour voir de quel endroit elle avait été postée.

– L'Autriche ? s'étonna-t-elle.

– C'est une lettre de ta tante Beatrix, expliqua Adèle en se tournant vers Pierrot.

– Mais je ne la connais même pas !

– Elle sait tout de toi. Tu peux lire la lettre. Elle n'a appris que récemment ce qui était arrivé à ta mère. Elle aimerait que tu viennes vivre avec elle.

4

Trois trajets en train

Avant de l'accompagner à la gare d'Orléans, Adèle remit à Pierrot un sachet contenant plusieurs sandwichs en lui recommandant de ne les manger qu'au moment où il aurait vraiment faim, car il devrait les faire durer tout le voyage, c'est-à-dire plus de dix heures.

– J'ai épinglé au revers de ta veste le nom des trois gares où tu dois descendre, ajouta-t-elle en s'agitant autour de lui pour vérifier que les bouts de papier étaient bien accrochés au vêtement. Chaque fois que tu arriveras à la gare indiquée sur une étiquette, n'oublie pas de changer de train.

– Tiens, dit Simone en lui tendant un petit paquet enveloppé dans du papier kraft qu'elle venait de sortir de son sac. Nous avons pensé que ceci t'aiderait à passer le temps. Ainsi, tu te souviendras de ton séjour parmi nous.

Pierrot les embrassa toutes les deux sur la joue, les remercia de ce qu'elles avaient fait pour lui, monta dans le wagon et choisit un compartiment déjà occupé par une femme et un jeune garçon. La dame le regarda s'asseoir d'un air agacé, comme si elle avait espéré que le compartiment lui soit exclusivement réservé, mais elle ne fit pas de commentaire et retourna à son journal. Quant au petit garçon, il s'empressa de dissimuler le paquet de bonbons qu'il avait posé sur le siège à côté de lui. Juste quand le train démarrait, Pierrot s'installa près de la fenêtre, il agita la main pour dire au revoir à Simone et Adèle, puis lut le nom indiqué sur la première des étiquettes attachées au revers de sa veste.

Mannheim.

La veille au soir, il avait fait ses adieux à ses camarades, et Josette avait été la seule à sembler regretter son départ.

– Tu es sûr que tu n'as pas trouvé une famille adoptive ? avait-elle demandé. Tu n'essayes pas d'enjoliver les choses pour nous ?

– Non, avait répondu Pierrot. Je peux te montrer la lettre de ma tante si tu veux.

– Comment t'a-t-elle retrouvé ?

– La mère d'Anshel a découvert son adresse en rangeant des affaires qui appartenaient à ma mère. Elle a écrit à tante Beatrix pour lui raconter ce qui était arrivé et lui donner les coordonnées de l'orphelinat.

– Elle veut que tu viennes vivre avec elle ?

– Oui.

Josette avait secoué la tête.

– Elle est mariée ?

– Je ne crois pas.

– Elle fait quoi, alors? Comment elle gagne sa vie?

– Elle est gouvernante.

– Une gouvernante! s'était étonnée Josette.

– Oui. C'est un problème?

– Que nenni, Pierrot, avait répondu Josette qui avait lu l'expression dans un livre et n'avait de cesse de vouloir la placer dans n'importe quelle conversation. C'est un peu bourgeois, mais tu n'y es pour rien. Qui est cette famille pour laquelle elle travaille? Quel genre de gens c'est?

– Ce n'est pas une famille, c'est un homme seul. Il n'est pas opposé au fait que je m'installe chez lui, à condition que je ne fasse pas de bruit. D'après ma tante, il ne vient pas souvent.

– En tout cas, avait conclu Josette avec une indifférence de façade car elle rêvait, en fait, de pouvoir l'accompagner, tu pourras toujours revenir, si ça ne marche pas.

Pierrot repensa aux paroles de Josette en regardant le paysage défiler par la vitre et se sentit un peu mal à l'aise. Effectivement, il était étrange que sa tante ne se soit jamais manifestée pendant toutes ces années – après tout, elle avait raté sept de ses anniversaires et autant de Noëls –, mais, bien sûr, il était possible qu'elle ne se soit pas entendue avec maman. Il s'efforça de chasser ces pensées, ferma les yeux et s'endormit. Il se réveilla au moment où un vieux monsieur entrait dans le compartiment et prenait le quatrième et dernier siège. Pierrot se redressa, s'étira avec un bâillement et observa l'homme du coin de l'œil. Celui-ci portait un long manteau noir, un pantalon noir et une chemise blanche ; et son visage était encadré par de longues boucles blanches. Il avait manifestement du mal à marcher, car il s'aidait d'une canne.

– Cette fois, c'en est trop ! s'écria la dame qui avait le siège en face du sien.

Elle referma son journal et secoua la tête. Elle s'exprimait en allemand et un déclic se fit dans la tête de Pierrot au souvenir de la langue qu'il parlait avec son père.

– Franchement, vous ne pouvez pas vous asseoir ailleurs ? demanda-t-elle.

L'homme fit un signe de dénégation.

– Le train est complet, madame, répondit-il poliment. Et ce siège est libre.

– Non, je regrette, mais ce n'est pas possible, cracha-t-elle.

Sur ce, elle se leva et sortit en trombe du compartiment, à la grande surprise de Pierrot qui ne comprenait pas ce qu'elle pouvait reprocher à quelqu'un qui venait occuper dans leur compartiment un siège libre. L'homme regarda par la vitre et poussa un profond soupir, mais il ne rangea pas sa valise dans le porte-bagages, même si elle encombrait le passage entre Pierrot et lui.

– Vous voulez que je vous aide ? demanda-t-il. Je peux la monter si vous voulez.

L'homme sourit et secoua la tête.

– Tu perdrais ton temps, dit-il. Mais c'est très gentil de me l'avoir proposé.

La femme revint en compagnie du contrôleur. Elle désigna le vieil homme.

– Toi, dit le contrôleur, dehors. Tu n'as qu'à rester debout dans le couloir.

– Mais ce siège est libre, s'insurgea Pierrot, pensant que le contrôleur était persuadé qu'il voyageait en famille avec la dame et son fils, et que le vieil homme leur prenait un siège. Je voyage seul, précisa-t-il.

– Dehors! Tout de suite! intima le contrôleur sans tenir compte de l'intervention de Pierrot. Debout, le vieux, ou tu vas avoir des ennuis.

L'homme ne dit rien, il se leva, s'appuya prudemment sur sa canne pour ramasser sa valise, puis, avec une extrême dignité, sortit lentement du compartiment.

– Je suis vraiment désolé, madame, dit le contrôleur en se tournant vers la dame après que le vieil homme était parti.

– Vous devriez avoir l'œil sur eux, répondit-elle d'un ton acerbe. Je voyage avec mon fils. Il ne devrait pas être confronté à ces gens-là.

– Je suis désolé, répéta le contrôleur, et la dame poussa un grognement de dégoût comme si le monde entier se liguait contre elle pour l'agacer.

Pierrot aurait bien voulu lui demander pourquoi elle avait obligé le vieil homme à partir, mais elle lui faisait peur et il craignait, en disant quelque chose, d'être obligé de s'en aller lui aussi. Alors il se tourna vers la fenêtre, ferma les yeux et se rendormit.

Il se réveilla en entendant la porte du compartiment s'ouvrir et il vit la dame descendre ses bagages.

– Où on est ? demanda-t-il.

– En Allemagne ! répondit-elle en souriant pour la première fois. Enfin loin de ces abominables Français !

Elle lui montra par la vitre le panneau *Mannheim*, le nom qui figurait sur l'étiquette au revers de sa veste.

– C'est là que tu descends, il me semble, ajouta-t-elle avec un signe de tête en direction de sa veste.

Pierrot se leva d'un bond, rassembla ses affaires et gagna la sortie.

Au milieu du hall de gare, il se sentit seul et désemparé. Partout autour de lui, des hommes, des femmes, pressés passaient à côté de lui en le frôlant, inquiets d'arriver à destination. Ainsi que des soldats, un nombre impressionnant de soldats.

La première chose qui le frappa, ce fut la langue qui se parlait. Depuis qu'il avait passé la frontière, les gens s'exprimaient en allemand et non plus en français. En tendant l'oreille pour comprendre ce qui se disait autour de lui, il se réjouit d'avoir été forcé par papa d'apprendre l'allemand quand il était petit. Il arracha l'étiquette *Mannheim* du revers de sa veste, s'en débarrassa dans la première corbeille à papier venue et lut ce qui était écrit sur la deuxième :

Munich.

Une énorme horloge surplombait le tableau des arrivées

et des départs, vers lequel Pierrot se hâta. En chemin, il se cogna contre un homme qui marchait en sens inverse et il tomba par terre. Levant les yeux, il remarqua que l'homme portait un uniforme vert-de-gris barré d'une grosse ceinture noire, des bottes cavalières, et la manche gauche de sa veste était ornée d'un écusson qui représentait un aigle aux ailes déployées au-dessus d'une croix biscornue.

– Pardon, dit Pierrot, le souffle coupé, en regardant l'homme avec un mélange de crainte et d'admiration.

Au lieu de l'aider à se relever, celui-ci eut une grimace de mépris et appuya l'extrémité de sa botte sur les doigts de Pierrot.

– Vous me faites mal, cria-t-il tandis que l'homme appuyait de plus belle.

Pierrot sentit sa main palpiter. Il n'avait jamais vu personne prendre autant de plaisir à faire souffrir quelqu'un et, même si les voyageurs dans le hall voyaient ce qui était en train de se passer, personne ne se proposa pour l'aider.

– Te voilà, Ralf! s'écria une femme en arrivant près d'eux.

Elle avait un petit garçon dans les bras et une fillette de cinq ans la suivait.

– Excuse-moi, mais Bruno voulait voir les trains à vapeur et on a cru t'avoir perdu. Oh, que s'est-il passé? demanda-t-elle à l'homme qui sourit, retira sa botte et tendit la main à Pierrot pour l'aider à se relever.

– Un enfant qui court sans regarder où il va, répondit-il en haussant les épaules. Il a failli me renverser.

– Ses habits sont vieux, dit la fillette en détaillant Pierrot d'un air de dégoût.

– Gretel, je t'ai déjà dit de ne pas faire ce genre de réflexions, gronda la mère de la fillette.

– Et ils sentent !

– Gretel !

– On y va ? demanda l'homme en regardant sa montre.

Sa femme acquiesça.

Pierrot les regarda s'éloigner en se massant la main. Le petit garçon dans les bras de sa mère se retourna et lui fit un signe, leurs regards se croisèrent. Malgré la douleur, Pierrot ne put s'empêcher de sourire et il agita la main à son tour. La famille disparut dans la foule et quand des coups de sifflet résonnèrent dans toute la gare, Pierrot prit conscience qu'il devait trouver le bon train au plus vite, ou il risquait de rester coincé à Mannheim.

Le panneau d'affichage indiquait que son train était sur le point de partir du quai numéro trois. Pierrot s'y précipita et monta dans la voiture juste au moment où le contrôleur commençait à claquer les portières. Il savait que cette portion du trajet prendrait trois heures, et voyager en train avait désormais perdu toute saveur.

Le convoi s'ébranla bruyamment dans un nuage de vapeur. En regardant par la portière toujours ouverte, Pierrot aperçut une femme, la tête coiffée d'un foulard, peinant à porter sa valise ; elle courait après le train en criant au conducteur de l'attendre. Trois soldats agglutinés sur le quai commencèrent à se moquer d'elle. Pierrot vit la femme poser sa valise à ses pieds et une dispute éclater entre elle et les soldats. Soudain, devant ses yeux incrédules, l'un d'eux lui attrapa le bras et le tordit derrière son dos. Pierrot eut à peine le temps de voir l'expression de la femme passer de la colère à la douleur, que quelqu'un lui tapait sur l'épaule, l'obligeant à se retourner.

– Qu'est-ce que tu fais là ? demanda le contrôleur. Tu as un billet ?

Pierrot sortit de sa poche les documents que les sœurs Durand lui avaient remis avant son départ de l'orphelinat. Le contrôleur les feuilleta, suivant chaque ligne de ses doigts tachés d'encre en marmonnant les noms dans sa barbe. Il sentait le cigare et, entre son haleine pestilentielle et les secousses du train, Pierrot sentit son estomac se retourner.

– Tout est en ordre, dit le contrôleur en fourrant les billets dans la poche de la veste du garçon avant de jeter un coup d'œil aux noms des villes inscrites sur les étiquettes épinglées à son revers. Tu voyages seul ?

– Oui, monsieur.

– Pas de parents ?

– Non, monsieur.

– Tu ne peux pas rester ici quand le train est en marche, c'est dangereux. Tu pourrais tomber et être transformé en chair à saucisse en passant sous les roues. Ne va pas t'imaginer que ça n'arrive jamais. Un garçon de ta taille n'aurait aucune chance.

Ces propos firent l'effet d'un coup de couteau dans le cœur de Pierrot, c'était ainsi que papa était mort.

– Viens, dit le contrôleur en l'attrapant par les épaules sans ménagement.

Ils passèrent devant une rangée de compartiments, Pierrot portant sa valise et ses sandwichs.

– Plein, marmonna le contrôleur en jetant un coup d'œil à l'intérieur du premier avant de se hâter vers le suivant. Plein, répéta-t-il en inspectant le deuxième. Plein, plein, plein. Peut-être n'y a-t-il aucun siège libre, annonça-t-il à Pierrot. Le train est plein à craquer, va savoir si tu pourras t'asseoir. Mais tu ne dois pas rester debout jusqu'à Munich non plus. Question de sécurité.

Pierrot ne dit rien. Il ne comprenait rien aux paroles du contrôleur. S'il ne pouvait pas s'asseoir ni rester debout, il ne lui restait guère d'autre solution. Il n'allait quand même pas flotter.

– Ah! s'écria le contrôleur en ouvrant la portière d'un énième compartiment.

Des rires et un bourdonnement de conversation s'échappèrent dans le couloir.

– Il y a de la place pour un petit ici. Ça ne vous embête pas, les gars, n'est-ce pas? C'est un enfant qui voyage seul jusqu'à Munich. Je compte sur vous pour veiller sur lui.

Le contrôleur s'écarta et l'inquiétude de Pierrot grimpa d'un cran. Cinq garçons de quatorze ou quinze ans, athlétiques, blonds, la peau claire, se tournèrent vers lui en silence, comme une meute de loups affamés sentant l'odeur inattendue de la chair fraîche.

– Entre, petit homme, dit le plus grand du groupe en lui indiquant le siège libre entre les deux garçons qui lui faisaient face. On ne va pas te manger.

Le garçon tendit la main et fit un geste lent l'invitant à entrer. Ce geste mit Pierrot très mal à l'aise. Mais il n'avait pas le choix, il s'assit donc et, quelques instants plus tard, les garçons reprenaient leur conversation et ne s'occupaient plus de lui. Pierrot se sentit tout petit parmi eux.

Il garda les yeux baissés sur ses chaussures pendant un long moment, puis, sa confiance revenue, il releva la tête et fit semblant de regarder par la fenêtre, alors qu'il observait le garçon qui dormait, appuyé contre la vitre. Tous portaient le même uniforme : chemise brune, culottes courtes noires, cravate noire, chaussettes montantes blanches, brassard en forme de losange rouge en haut et en bas, et blanc à droite et à gauche. Au centre, il vit la même croix biscornue remarquée sur l'écusson de l'homme qui lui avait marché sur la main à la gare de Mannheim. Pierrot ne put s'empêcher d'être impressionné, il aurait voulu porter un uniforme comme le leur au lieu des frusques que les sœurs Durand lui avaient rendues à l'orphelinat. S'il avait été habillé comme eux, aucune petite fille étrange ne lui aurait fait de remarque sur l'aspect vieillot de ses vêtements dans une gare.

– Mon père était soldat, dit-il tout à trac, surpris luimême par la force avec laquelle il avait prononcé ces paroles.

Les garçons se turent et échangèrent des regards, celui qui dormait contre la fenêtre se réveilla, cligna des yeux plusieurs fois, regarda autour de lui et demanda s'ils étaient déjà arrivés à Munich.

– Qu'est-ce que tu as dit, petit homme ? demanda celui qui était manifestement le chef du groupe.

– J'ai dit que mon père était soldat, répéta Pierrot, regrettant d'avoir ouvert la bouche.

– C'était quand ?

– Pendant la guerre.

– Ton accent, fit remarquer le garçon en se penchant en avant. Tu parles bien allemand mais tu n'es pas allemand, n'est-ce pas ?

Pierrot secoua la tête.

– Laisse-moi deviner, lança l'autre en pointant le doigt en direction du cœur de Pierrot. Tu es suisse. Non, français ! J'ai raison ?

Pierrot hocha la tête.

Le garçon leva un sourcil et huma l'air comme s'il s'efforçait d'identifier une odeur nauséabonde.

– Tu as quel âge ? Six ans ?

– J'ai sept ans, répondit-il, blessé à mort, en se redressant.

– Tu es trop petit pour avoir sept ans.

– Je sais. Mais un jour, je grandirai.

– Si tu vis assez longtemps pour ça. Tu vas où ?

– Retrouver ma tante, répondit Pierrot.

– Elle est française ?

– Non, allemande.

Le garçon enregistra l'information et ébaucha un sourire déconcertant.

– Tu sais ce qui m'arrive à l'instant, petit homme ? demanda-t-il.

– Non, dit Pierrot.

– J'ai faim.

– Vous n'avez pas pris de petit déjeuner ce matin ? s'inquiéta Pierrot, provoquant les rires indignés des autres garçons dont l'hilarité fut stoppée net par un regard noir de leur chef.

– Si, j'ai pris mon petit déjeuner, répondit ce dernier calmement. J'ai aussi déjeuné. Et j'ai même mangé un petit quelque chose à la gare de Mannheim. Mais j'ai encore faim.

Pierrot jeta un coup d'œil au sachet de sandwichs qu'il avait posé à côté de lui en se maudissant de ne pas les avoir rangés dans sa valise avec le cadeau de Simone. Il avait prévu d'en manger deux dans ce train-là et de garder le dernier pour la fin du voyage.

– Il y a sûrement un buffet, dit-il.

– Mais je n'ai pas d'argent, répondit le garçon avec un sourire, les bras tendus. Je ne suis qu'un jeune homme au service de la patrie. Je suis un *Rottenführer*, un simple chef d'équipe, fils d'un éminent professeur de littérature – oui, je suis supérieur à ces misérables membres des Jeunesses hitlériennes qui m'entourent. Ton père est fortuné ?

– Mon père est mort.

– Pendant la guerre ?

71

– Non, après.

Le garçon réfléchit une seconde.

– Je parie que ta mère est très jolie, dit-il en touchant le visage de Pierrot.

– Ma mère est morte, répondit Pierrot en se dégageant.

– Quel dommage ! Je suppose qu'elle était française, elle aussi.

– Oui.

– Alors ce n'est pas si grave.

– Arrête, Kurt, intervint le garçon près de la fenêtre. Laisse-le tranquille, ce n'est qu'un enfant.

– Tu as quelque chose à dire, Schlenheim ? demanda sèchement le chef en se tournant brusquement vers son camarade. Tu n'aurais pas oublié tes manières en ronflant comme un porc dans ton coin ?

Schlenheim déglutit nerveusement et secoua la tête.

– Je m'excuse, *Rottenführer* Kotler, murmura-t-il, le visage rouge. J'ai parlé à tort et à travers.

– Donc, je répète, reprit Kotler en revenant à Pierrot. J'ai faim. Si seulement j'avais quelque chose à manger. Mais attends ! C'est quoi, ça ? demanda-t-il avec un sourire qui découvrit ses dents régulières d'un blanc éblouissant. Ce sont des sandwichs ?

Il se pencha pour prendre le sachet et le renifla.

– On dirait des sandwichs. Quelqu'un a dû les oublier.

– Ils sont à moi, précisa Pierrot.

– Ton nom est écrit dessus ?

– On ne peut pas écrire sur du pain.

– Dans ce cas, rien ne nous dit qu'ils sont à toi. Et comme je les ai trouvés, ils me reviennent.

Sur ce, Kotler ouvrit le sachet, sortit le premier sandwich et le dévora en trois bouchées avant d'entamer le deuxième.

– Délicieux, dit-il en tendant le dernier à Schlenheim qui le refusa. Tu n'as pas faim ?

– Non, *Rottenführer* Kotler.

– J'entends ton ventre gargouiller. Mange !

Schlenheim prit le sandwich d'une main tremblante.

– Très bon, commenta Kotler en souriant. Dommage qu'il n'y en ait pas davantage, ajouta-t-il à l'intention de Pierrot en haussant les épaules. J'aurais pu t'en donner un. Tu as l'air mort de faim !

Pierrot le regarda avec l'envie de lui dire ce qu'il pensait de ceux qui volaient la nourriture d'un plus petit qu'eux, mais quelque chose dans ce garçon lui fit comprendre que la situation s'envenimerait s'il poursuivait la discussion. Et pas seulement parce que Kotler était plus grand que lui. Pierrot sentit les larmes monter, mais il se fit la promesse de ne pas céder, il se reprit et baissa les yeux. Kotler avança lentement son pied vers le sien et, quand Pierrot releva la tête, il lui jeta le sachet froissé à la figure, puis il reprit sa conversation avec ses camarades.

Pierrot ne dit plus un mot jusqu'à Munich.

Lorsque le train arriva en gare de Munich quelques heures plus tard, les membres des Jeunesses hitlériennes ramassèrent leurs affaires, mais Pierrot se tint en retrait, attendant qu'ils partent en premier. Ils sortirent du compartiment un à un jusqu'à ce qu'il ne reste plus que le *Rottenführer* Kotler et lui. Kotler se pencha pour lire le nom de la ville écrit au revers de la veste de Pierrot.

– C'est ici que tu descends, annonça-t-il comme s'il ne s'était pas comporté comme une brute avec lui mais qu'il cherchait plutôt à l'aider.

Il arracha l'étiquette et se pencha à nouveau pour lire le nom sur la dernière étiquette.

Salzbourg.

– Je vois que tu ne restes pas en Allemagne. Tu vas jusqu'en Autriche.

Pierrot fut la proie d'une soudaine panique à l'évocation de sa destination finale et, même s'il n'avait aucune envie de discuter avec ce Kotler, il se devait de lui poser la question.

– Vous n'y allez pas aussi ? demanda-t-il, craignant de se retrouver dans le train suivant avec lui.

– En Autriche ? s'étonna-t-il en prenant son sac à dos dans le porte-bagages avant de sortir du compartiment.

Il sourit et secoua la tête.

– Non, dit-il, et il avança dans le couloir, puis se ravisa. Du moins, pas tout de suite, ajouta-t-il avec un clin d'œil. Mais bientôt, très bientôt, je pense. Aujourd'hui, les Autrichiens se croient chez eux dans leur pays. Mais un jour…

Il mima une explosion, puis il éclata de rire et disparut en descendant sur le quai.

La dernière partie du voyage ne durait que deux heures, mais Pierrot avait très faim et il était si fatigué qu'il redoutait de s'endormir, et de rater son arrêt. Il se repassa la carte d'Europe qui pendait au mur de sa classe à Paris et essaya d'imaginer où il atterrirait si d'aventure il s'assoupissait. En Russie sans doute. Ou plus loin encore.

Cette fois, il était seul dans le compartiment et, se rappelant le cadeau que Simone lui avait remis sur le quai de la gare d'Orléans, il se dépêcha de le prendre dans sa valise, retira le papier kraft, vit que c'était un livre et lut le titre.

Émile et les détectives, d'Erich Kästner.

La couverture représentait deux petits garçons cachés derrière une colonne observant un homme qui marchait dans une rue jaune. Dans le coin gauche au bas de la couverture était écrit : *Trêves*. Il lut les premières lignes.

– Émile, dit Mme Tischbein, sois gentil de porter cette cruche d'eau chaude.

Elle prit une cruche et un petit bol bleu rempli de shampoing liquide à la camomille et se hâta de sortir de la cuisine pour aller dans le salon. Émile prit sa cruche et la suivit.

Très vite, Pierrot eut la surprise de découvrir qu'Émile, le héros du livre, et lui avaient plusieurs points communs – ou du moins avec celui qu'il était jadis. Émile vit seul avec sa mère – bien que ce soit à Berlin et non à Paris – et son père est mort. Au début du roman, Émile, comme Pierrot, fait un voyage en train au cours duquel un homme, qui voyage dans le même compartiment, lui vole son argent, comme le *Rottenführer* Kotler lui avait volé ses sandwichs.

Pierrot se réjouit de ne pas avoir d'argent. En revanche, il avait une valise qui contenait ses habits, une brosse à dents, une photographie de ses parents et la dernière histoire qu'Anshel lui avait envoyée avant son départ de l'orphelinat et qu'il avait déjà lue deux fois. Elle parlait d'un garçon qui se faisait insulter par ceux qu'il croyait être ses amis. Pierrot la trouvait dérangeante. Il préférait les histoires de magiciens et d'animaux parlants qu'Anshel écrivait auparavant. Il rapprocha sa valise de ses pieds au cas où quelqu'un, entrant dans le compartiment, lui réserve le même sort que Max Grundeis à Émile. Au bout d'un moment, le balancement du train se fit si apaisant qu'il ne put garder les yeux ouverts, le livre lui glissa des mains et il s'endormit.

Ce qui lui parut à peine quelques instants plus tard, il fut réveillé en sursaut par un grattement contre la vitre. Il regarda autour de lui d'un air surpris, ne sachant plus où il était, avant de s'affoler en pensant être arrivé en Russie. Le train était arrêté et il régnait un silence irréel.

Le grattement se fit à nouveau entendre, plus fort cette fois, mais la condensation sur la vitre était telle qu'il ne voyait pas à l'extérieur. Il essuya un coin de fenêtre du plat de la main, décrivant un arc parfait, qui lui permit de découvrir un énorme panneau indiquant – à son immense soulagement – *Salzbourg*. Sur le quai, une très belle femme aux longs cheveux roux le regardait. Elle lui dit quelque chose qu'il ne parvint pas à comprendre. Elle recommença – toujours rien. Pierrot baissa la petite fenêtre du haut, et les mots qu'elle prononçait lui parvinrent enfin :

– Pierrot, cria-t-elle. C'est moi ! Ta tante Beatrix !

5

La maison au sommet
de la montagne

Le lendemain matin, Pierrot se réveilla dans une chambre inconnue. Le plafond était fait de longues poutres entre-croisées de rondins plus foncés et, juste au-dessus de sa tête, dans un coin, pendait d'une grande toile une araignée, inquiétante, suspendue à un fil soyeux qui tournait sur lui-même.

Il resta tranquille quelques instants pour tenter de se remémorer autant de souvenirs que possible du voyage qui l'avait amené jusqu'ici. Ce qu'il se rappelait avec netteté, c'était être descendu du train, avoir marché sur le quai en compagnie d'une femme qui disait être sa tante, puis être monté à l'arrière d'une voiture conduite par un chauffeur en livrée anthracite. Ensuite, tout avait sombré dans le noir. Il se rappelait vaguement avoir raconté qu'un membre des Jeunesses hitlériennes lui avait volé ses sandwichs. Le chauffeur avait alors fait une remarque sur le comportement de ces jeunes, mais tante Beatrix s'était empressée de le faire taire, et très vite Pierrot avait dû s'endormir – rêvant qu'il s'élançait vers les nuages, de plus en plus haut, en ayant de plus en plus froid. Puis des bras puissants l'avaient soulevé et transporté dans une chambre où une femme l'avait bordé, puis embrassé sur le front avant d'éteindre la lumière.

Il se redressa dans le lit et regarda autour de lui. La chambre était plutôt petite – plus petite que la sienne à Paris – et n'était meublée que du lit où il avait dormi, d'une commode avec une cuvette et un broc posés dessus, et enfin d'une armoire dans un coin. Il souleva les draps et, à sa grande surprise, s'aperçut qu'il portait une longue chemise de nuit sans rien en dessous. Ce qui signifiait que quelqu'un l'avait déshabillé, et à cette idée il rougit, car la personne en question avait forcément tout vu.

Pierrot sortit du lit et alla vers l'armoire – le contact du plancher sous ses pieds nus était froid – mais ses habits n'étaient pas dedans. Il ouvrit les tiroirs de la commode, vides également. En revanche, le broc était plein. Il but une petite gorgée, se rinça la bouche, puis versa de l'eau dans la cuvette afin de se débarbouiller le visage. Après quoi il alla à l'unique fenêtre et tira le rideau, la vitre était gelée, il ne vit en contrebas qu'une étendue vert et blanc aux contours imprécis, sans doute un champ qui s'efforçait de percer à travers la neige. Une boule d'inquiétude se forma dans son ventre.

Où suis-je? se demanda-t-il.

En se retournant, il remarqua un portrait accroché au mur, celui d'un homme à petite moustache, le visage grave, qui regardait dans le lointain. L'homme portait une veste jaune avec une croix de Fer épinglée à sa poche de poitrine, il avait une main posée sur le dossier d'une chaise et l'autre sur la hanche. Derrière lui, on pouvait voir un tableau représentant des arbres qui se découpaient sur un ciel menaçant, comme si un orage effroyable se profilait.

Pierrot se surprit à fixer le portrait un long moment – l'expression de l'homme avait quelque chose d'hypnotique. Il fut tiré de sa rêverie par des pas dans le couloir. Il se dépêcha de remonter dans son lit et tira les couvertures jusqu'à son menton. La poignée de la porte tourna et une jeune fille plutôt grassouillette, de dix-huit ans environ, les cheveux roux et le visage rougeaud, glissa un œil à l'intérieur de la pièce.

– Tu es réveillé, on dirait, lança-t-elle d'un ton accusateur.

Pierrot ne dit rien, il se contenta de hocher la tête.

– Tu dois venir avec moi, annonça-t-elle.

– Où ça?

– Là où je t'emmène. Allez, dépêche-toi. J'ai déjà assez de choses à faire sans avoir à répondre à tout un tas de questions idiotes.

Pierrot sortit du lit et s'avança vers elle en regardant ses pieds au lieu de la regarder.

– Où sont mes habits? demanda-t-il.

– Partis à l'incinérateur, répondit-elle. Il ne doit rester que des cendres à l'heure qu'il est.

Pierrot fut consterné. Il avait voyagé dans les vêtements que maman lui avait achetés pour son septième anniversaire. C'était la dernière fois qu'ils avaient fait des courses ensemble.

– Et ma valise ?

La fille haussa les épaules mais ne se sentait manifestement pas coupable.

– Tout est parti, dit-elle. Personne ne voulait de ces vilaines choses puantes dans la maison.

– Mais, c'était…, commença Pierrot.

– Tu arrêtes de dire des bêtises tout de suite, tonna la jeune fille en se retournant pour le menacer du doigt. Ils étaient dégoûtants et sûrement bourrés de parasites. Ils ont bien fait de partir au feu. Et tu as de la chance d'être ici, au Berghof…

– Le quoi ? demanda Pierrot.

– Le Berghof, répéta-t-elle. C'est le nom de la maison. Ici, les caprices ne sont pas tolérés. Maintenant, suis-moi. Je ne veux plus t'entendre.

Dans le couloir, Pierrot jeta des coups d'œil à droite et à gauche pour ne rien perdre de ce qu'il voyait. La maison était tout en bois et il s'en dégageait une atmosphère douillette et élégante, en contraste avec les photographies d'officiers au garde-à-vous qui couvraient les murs – certains regardaient directement l'objectif comme dans l'espoir qu'il se fissure sous l'effet de la peur. Pierrot s'arrêta devant l'une d'entre elles qui le fascinait. Les hommes qui posaient dessus avaient l'air farouches, effrayants, beaux et magnétiques à la fois. Il se demanda si lui aussi ferait peur aux autres quand il serait grand. Si c'était le cas, alors personne n'oserait le faire tomber dans une gare ou lui voler ses sandwichs dans le wagon d'un train.

– C'est elle qui a pris les photos, expliqua la jeune fille qui s'arrêta en voyant que Pierrot les examinait.

– Qui ? demanda-t-il.

– Madame. Maintenant, arrête de traîner, l'eau va refroidir.

Pierrot ne voyait pas de quoi elle parlait mais la suivit dans l'escalier, puis à gauche, dans un autre couloir.

– Comment tu t'appelles déjà ? demanda-t-elle en se retournant. Je n'arrive pas à me rappeler.

– Pierrot.

– Ce n'est pas un nom, ça.

Il haussa les épaules.

– C'est mon nom.

– Ne hausse pas les épaules devant moi, recommanda-t-elle. Madame ne supporte pas les gens qui le font. Elle trouve ça vulgaire.

– Vous parlez de ma tante ? demanda Pierrot.

La jeune fille s'arrêta, le regarda longuement, puis, rejetant la tête en arrière, elle éclata de rire.

– Beatrix n'est pas Madame. Elle n'est que la gouvernante.

Madame… c'est Madame. C'est elle qui dirige tout. Ta tante reçoit ses ordres d'elle. Comme nous tous.

– Comment vous vous appelez ? demanda Pierrot.

– Herta Theissen, répondit la jeune fille. Je suis la deuxième bonne de la maison après la chef.

– Vous êtes combien ?

– Deux. Mais, d'après Madame, on va bientôt avoir besoin de plus de personnel, et quand les autres arriveront, je serai toujours deuxième et ils devront me rendre des comptes.

– Vous vivez ici aussi ?

– Bien sûr. Tu crois que je passe de temps à autre pour le plaisir ? Ici, il y a Monsieur et Madame quand ils sont là, bien qu'on ne les ait pas vus depuis plusieurs semaines. Ils viennent parfois pour le week-end et parfois pour de plus longs séjours, mais il arrive qu'on ne les voie pas pendant un mois. Puis il y a Emma, la cuisinière, et tu n'as pas intérêt à te la mettre à dos. Il y a Ute, la chef des bonnes, et Ernst, le chauffeur. Tu as fait sa connaissance hier soir, je suppose. Il est merveilleux ! Tellement beau, drôle et attentionné !

Elle s'interrompit et poussa un soupir heureux.

– Enfin, il y a ta tante, bien sûr. La gouvernante. Et puis, deux soldats montent la garde devant la porte, mais ils changent trop souvent pour qu'on prenne la peine de faire leur connaissance.

– Où est ma tante ? demanda Pierrot qui était déjà certain de ne pas aimer Herta.

– Elle est descendue dans la vallée faire des achats avec

Ernst. Elle revient bientôt, je suppose. Bien qu'on ne sache jamais avec ces deux-là. Ta tante a la très mauvaise habitude de lui faire perdre son temps. Je lui ferais bien la réflexion, mais c'est ma supérieure et elle se plaindrait à Madame.

Herta ouvrit une porte et Pierrot la suivit à l'intérieur. Une baignoire en fer-blanc à moitié remplie d'eau trônait au milieu de la pièce, de la vapeur s'élevait à la surface.

– C'est jour de bain ? demanda-t-il.

– Pour toi, oui, répondit Herta en remontant ses manches. Allez, retire ta chemise de nuit et entre dans le bain que je t'étrille. Dieu sait ce que tu as rapporté comme cochonneries avec toi. Je n'ai jamais vu de Français qui ne soit pas dégoûtant.

– Oh, non ! s'écria Pierrot en secouant la tête, et il recula, les mains tendues devant lui pour l'empêcher d'approcher.

Il n'était pas question qu'il se déshabille devant une inconnue – et encore moins une fille. Il n'avait pas aimé le faire à l'orphelinat, or il était dans un dortoir de garçons.

– Non, non, non. Sûrement pas. Je ne retire rien du tout. Désolé, mais non.

– Tu crois que tu as le choix ? demanda Herta, les mains sur les hanches, en le regardant comme s'il était un extraterrestre. Les ordres sont les ordres, Pierre…

– Pierrot.

– Tu l'apprendras bien assez tôt. On te donne un ordre et tu obéis. Chaque fois et sans poser de question.

– Je ne le ferai pas, s'entêta Pierrot qui devenait rouge

de honte. Même ma mère a cessé de me donner mon bain quand j'ai eu cinq ans.

– Ta mère est morte, à ce qu'il paraît. Et ton père a sauté sous les roues d'un train.

Pierrot regarda Herta avec des yeux ronds, incapable de dire quoi que ce soit. Il n'en revenait pas que quelqu'un puisse se montrer aussi cruel.

– Je me laverai tout seul, finit-il par dire d'une voix brisée. Je sais le faire et je le ferai comme il faut. Je le jure.

Herta lança les mains en l'air en signe de capitulation.

– D'accord, dit-elle en plaquant une savonnette dans la paume de sa main. Je serai de retour dans un quart d'heure et je veux que tu aies utilisé tout ce savon quand je reviendrai, tu me suis ? Sinon, je te frotterai moi-même à la brosse et tu pourras dire ce que tu voudras, rien ne m'arrêtera.

Pierrot acquiesça et poussa un soupir de soulagement. Il attendit qu'elle ait quitté la pièce pour retirer sa chemise de nuit et plonger doucement dans la baignoire. Il s'allongea dans l'eau et ferma les yeux, profitant de ce luxe inattendu. Son dernier bain chaud remontait à longtemps. À l'orphelinat, l'eau était toujours froide, car les enfants étaient nombreux à se baigner dans le même bain. Pierrot ramollit le savon et, quand il eut obtenu une mousse épaisse, il entreprit de se laver.

L'eau devint rapidement trouble en raison de la saleté qu'il avait accumulée et il se dépêcha d'y plonger la tête, ravi d'entendre les bruits extérieurs s'estomper, puis il se lava les cheveux à l'aide de la savonnette. Après s'être rincé, il s'attaqua aux pieds et aux ongles. À son grand soulagement, la savonnette s'amenuisait, mais il continua de se laver jusqu'à ce qu'elle ait entièrement fondu, ainsi Herta n'aurait aucune raison de mettre sa révoltante menace à exécution.

Quand elle refit son apparition – sans même frapper ! – elle portait une grande serviette de bain qu'elle tendit devant lui.

– Allez ! dit-elle. Dehors !

– Retournez-vous, demanda Pierrot.

– Par pitié ! soupira Herta en tournant la tête et en fermant les yeux.

Il sortit de la baignoire et se laissa envelopper dans la serviette la plus douce et la plus moelleuse qu'il ait jamais connue. C'était si agréable de la sentir serrée autour de son petit corps qu'il l'aurait bien gardée toujours.

– J'ai laissé des habits propres sur ton lit. Ils sont trop grands pour toi mais ils feront l'affaire pour l'instant. Beatrix doit t'emmener dans la vallée t'acheter des affaires, du moins c'est ce qu'on m'a dit.

Encore cette vallée.

– Pourquoi ? Je suis sur une montagne ? demanda Pierrot. C'est quoi, cet endroit ?

– Plus de questions, répondit Herta en marchant vers la porte. J'ai des choses à faire, même si ce n'est pas ton cas. Habille-toi et, quand tu redescendras, tu trouveras de quoi manger si tu as faim.

Pierrot remonta à toute vitesse dans sa chambre, toujours enroulé dans sa serviette, laissant de petites empreintes humides sur le plancher, et, oui, des habits avaient été disposés proprement sur son lit. Il s'habilla, remonta les manches de la chemise, retourna le bas du pantalon et raccourcit les bretelles autant que possible. Un pull-over avait été préparé aussi, mais il était beaucoup trop grand – il lui arrivait aux genoux. Alors Pierrot le retira et décida de braver la température.

Revenu au rez-de-chaussée, il fureta, ne sachant pas où il était censé aller, mais ne trouva personne pour l'aider.

– Il y a quelqu'un ? chuchota-t-il, inquiet d'attirer l'attention sur lui mais désireux d'être entendu. Il y a quelqu'un ? répéta-t-il en se dirigeant vers la porte d'entrée.

En entendant des voix à l'extérieur – deux hommes riaient –, il tourna la poignée, ouvrit la porte et fut accueilli par une explosion de soleil, en dépit du froid. Il n'avait pas plus tôt franchi le seuil que les deux hommes jetèrent leurs cigarettes à moitié consumées, les écrasèrent sous leurs talons, se redressèrent de toute leur hauteur en fixant un point droit devant eux. Deux hommes statufiés en uniforme gris, casquette à visière, gros ceinturon noir et bottes foncées qui leur montaient presque jusqu'aux genoux.

Tous deux portaient un fusil à l'épaule.

– Bonjour, dit Pierrot prudemment.

N'obtenant pas de réponse, il s'éloigna de quelques pas, se retourna et les regarda à tour de rôle, mais aucun des soldats ne réagit. Pierrot les trouvait ridicules, il leur fit une grimace, il étira sa bouche au maximum avec deux doigts en roulant des yeux et en essayant de ne pas rire. Toujours pas de réaction de la part des soldats. Il sauta alors sur un pied en poussant un cri de guerre indien. Toujours pas de réaction.

– Je m'appelle Pierrot! déclara-t-il. Je suis le roi de la montagne.

Cette fois, un des soldats tourna la tête et, à son expression, à la manière dont il retroussa la lèvre et haussa légèrement l'épaule, soulevant ainsi son fusil, Pierrot conclut qu'il serait sage de ne plus leur adresser la parole.

Il serait bien rentré manger quelque chose, comme Herta le lui avait suggéré, car il n'avait rien avalé en vingt-quatre heures, depuis qu'il avait quitté Orléans. Mais il était dévoré de curiosité pour ce qui l'entourait, il voulait deviner où il se trouvait exactement. Il traversa la pelouse recouverte d'une mince couche de givre qui craqua plaisamment sous ses pieds et admira le panorama. La vue qui s'offrait à ses yeux était époustouflante. Il n'était pas simplement au sommet d'une montagne, il était cerné par d'autres montagnes dont les pics gigantesques se perdaient dans les nuages. Les sommets enneigés se confondaient avec la blancheur du ciel et du brouillard qui, amoncelé entre les montagnes, empêchait de savoir où commençait l'une et où finissait l'autre. Pierrot n'avait jamais rien vu de pareil. Il fit le tour de la maison et observa le paysage depuis ce nouveau point de vue.

C'était de toute beauté. Un monde vaste et silencieux figé dans la tranquillité.

Il entendit un bruit au loin et revint sur ses pas, l'œil sur la route en lacet qui partait de la maison pour s'enfoncer dans le cœur des Alpes, décrivant des virages imprévisibles avant de se fondre dans ce qui échappait à la vue en contrebas. Pierrot se demanda à quelle altitude il était. Il inspira l'air frais et léger, se remplissant les poumons et l'esprit d'un immense sentiment de bien-être. Sur la route, une voiture montait vers la maison. Fallait-il qu'il rentre à l'intérieur avant que les occupants n'arrivent ? Il aurait aimé qu'Anshel soit avec lui, il aurait su quoi faire. Ils s'étaient écrit régulièrement quand Pierrot était encore à l'orphelinat, mais le changement était survenu si rapidement qu'il n'avait même pas eu le temps de prévenir son ami. Il devait lui écrire sans tarder, mais quelle adresse indiquerait-il ?

Pierrot Fischer
Au sommet de la montagne
Quelque part près de Salzbourg

Cela ne suffirait pas.

La voiture approchait ; elle fit halte à un poste de contrôle dix mètres plus bas. Pierrot vit un soldat sortir d'une cahute en bois puis lever la barrière et faire signe de passer. C'était la voiture dans laquelle il était rentré de la gare la veille au soir, une Volkswagen noire décapotable avec des drapeaux rouge, noir et blanc à l'avant qui s'agitaient dans le vent. Elle s'arrêta devant la maison, Ernst en descendit et fit le tour du véhicule pour ouvrir la portière arrière. La tante de Pierrot sortit à son tour, tous deux bavardèrent quelques instants, puis elle tourna la tête vers les soldats en faction devant la porte et il sembla à Pierrot qu'elle prenait une expression plus sévère. Ernst remonta en voiture, puis se gara un peu plus loin.

Beatrix posa une question à un des soldats qui indiqua l'endroit où se trouvait Pierrot. Elle se retourna et croisa son regard. En voyant son visage se fendre d'un sourire, il se fit la réflexion qu'elle ressemblait beaucoup à son père. Elle lui rappelait profondément Wilhelm et il aurait voulu être de retour à Paris, au bon vieux temps, quand ses parents étaient en vie, s'occupaient de lui, l'aimaient et le gardaient de tout danger, tandis que d'Artagnan grattait à la porte pour sa promenade et qu'Anshel à l'étage inférieur l'attendait pour lui apprendre des mots silencieux dessinés avec les doigts.

Beatrix leva la main, Pierrot hésita une seconde avant de lever la sienne et de s'avancer vers elle, curieux désormais de savoir où sa nouvelle vie l'entraînerait.

6

Un peu moins français,
un peu plus allemand

Le lendemain matin, Beatrix vint trouver Pierrot dans sa chambre pour le prévenir qu'ils allaient descendre dans la vallée lui acheter des vêtements neufs.

– Dans cette maison, les affaires que tu as apportées de Paris ne conviennent pas, dit-elle en jetant un coup d'œil autour d'elle avant de refermer la porte. Monsieur a des idées très strictes sur le sujet. De toute façon, il est plus prudent que tu portes des vêtements traditionnels allemands. Les tiens seraient sans doute trop bohèmes à son goût.

– Plus prudent ? s'étonna Pierrot, surpris du choix de ce mot.

– J'ai eu du mal à le convaincre de t'accueillir, expliqua-t-elle. Il n'a pas l'habitude des enfants. J'ai dû promettre que tu ne ferais pas de bêtises.

– Il n'a pas d'enfants ? demanda Pierrot qui avait espéré

que Monsieur serait accompagné d'un enfant de son âge lors de ses séjours au Berghof.

– Non. Et il serait préférable que tu t'abstiennes de le contrarier au cas où il aurait envie de te renvoyer à Orléans.

– J'ai trouvé l'orphelinat moins horrible que prévu, dit Pierrot. Simone et Adèle ont été très gentilles avec moi.

– Je n'en doute pas. Mais c'est la famille qui compte et on est de la même famille tous les deux, les derniers survivants. Il faut nous serrer les coudes.

Pierrot acquiesça, mais une question lui brûlait les lèvres depuis qu'il avait reçu la lettre de sa tante.

– Pourquoi on ne s'est jamais rencontrés auparavant ? Pourquoi tu n'es jamais venue nous rendre visite à Paris ?

Beatrix secoua la tête.

– Ce n'est pas à l'ordre du jour, dit-elle. Mais on pourra en parler une autre fois si tu veux. Maintenant, viens, tu dois avoir faim.

Après le petit déjeuner, ils sortirent retrouver Ernst qui les attendait en lisant le journal, nonchalamment adossé à la voiture. En les voyant arriver, il leur sourit, replia son journal, glissa celui-ci sous son bras et ouvrit la portière arrière. Pierrot examina son uniforme à la dérobée – quelle élégance ! – et se demanda s'il parviendrait à convaincre sa tante de lui acheter une tenue équivalente. Il aimait les uniformes depuis toujours. Son père en avait un suspendu dans son armoire à Paris – une vareuse vert pomme à col arrondi, fermée par six boutons, et un pantalon assorti – mais il ne le portait jamais. Une fois, papa l'avait surpris en train d'essayer la vareuse, et il s'était figé sur le pas de la porte, incapable de bouger. Maman avait grondé Pierrot – il était interdit de fouiller dans les affaires des autres.

– Bonjour, Pierrot ! s'exclama le chauffeur d'un ton joyeux en lui ébouriffant les cheveux. Tu as bien dormi ?

– Très bien, merci.

– Cette nuit, j'ai rêvé que je jouais dans l'équipe de football allemande, raconta Ernst. Je marquais le but de la victoire contre les Anglais dans la liesse générale et j'étais transporté hors du stade sur les épaules de mes coéquipiers.

Pierrot hocha la tête. Il n'était pas particulièrement friand des rêves des autres. Il leur trouvait aussi peu de sens que certaines des histoires récentes d'Anshel.

– Où dois-je vous conduire, Fräulein Fischer ? demanda Ernst, et il s'inclina profondément devant Beatrix en portant la main à la visière de sa casquette dans un geste théâtral.

Beatrix éclata de rire et monta à l'arrière.

– J'ai dû avoir une promotion, Pierrot, dit-elle. Ernst ne s'adresse jamais à moi en des termes aussi respectueux. En ville, je vous prie, Pierrot doit refaire sa garde-robe !

– Ne l'écoute pas, intervint Ernst en se glissant derrière le volant avant de mettre le contact. Ta tante sait très bien en quelle estime je la tiens.

Pierrot jeta un coup d'œil à sa tante et surprit le regard qu'elle échangeait avec le chauffeur dans le rétroviseur, il vit le sourire qui éclairait son visage et le léger fard qui empourprait ses joues. Il se retourna sur son siège pour regarder la maison qui disparaissait par la vitre arrière. Elle était splendide, sa charpente en bois blond se détachait sur les sommets enneigés, tel un talisman inattendu.

– Je me rappelle la première fois où je l'ai vue, dit Beatrix en voyant son neveu admirer la maison. Je n'arrivais pas à croire que tout soit si paisible. J'étais certaine que l'endroit serait d'une sérénité absolue.

– Il l'est, marmonna Ernst dans sa barbe, mais assez fort pour que Pierrot l'entende. Sauf quand il est là.

– Depuis combien de temps tu vis ici, demanda Pierrot en reprenant sa position initiale.

– J'avais trente-quatre ans quand je suis arrivée, alors ça doit faire… un peu plus de deux ans.

Pierrot l'observa avec attention. Elle était indéniablement très belle avec ses longues boucles rousses qui lui arrivaient aux épaules et son teint de porcelaine.

– Ce qui fait donc trente-six ? demanda-t-il un instant plus tard. C'est drôlement vieux !

– Ha ! s'écria Beatrix en éclatant de rire.

– Il faut qu'on ait une petite conversation tous les deux, dit Ernst. Si un jour tu veux avoir une petite amie, tu dois d'abord apprendre à lui parler. Il ne faut jamais dire à une femme qu'elle a l'air vieille. Et n'oublie pas de toujours la rajeunir de cinq ans par rapport à l'âge que tu lui donnes.

– Je ne veux pas de petite amie, s'insurgea aussitôt Pierrot, horrifié par cette idée.

– Tu dis ça maintenant. Mais attendons quelques années pour voir ce que tu en penses.

Pierrot secoua la tête. Il se rappelait le comportement stupide d'Anshel avec la nouvelle de leur classe. Il lui avait écrit des histoires et déposé des fleurs sur son pupitre. Pierrot en avait discuté sérieusement avec lui, mais rien n'aurait fait changer Anshel d'avis, il était amoureux. Pierrot avait trouvé tout cela ridicule.

– Vous avez quel âge, Ernst? demanda-t-il en se penchant en avant entre les deux sièges de devant pour mieux voir le chauffeur.

– J'ai vingt-sept ans, répondit celui-ci en se retournant vers lui. Je sais, on a du mal à le croire. J'ai l'air si jeune.

– Regarde la route, Ernst, dit doucement tante Beatrix mais Pierrot devina son amusement. Et remets-toi à ta place, Pierrot, c'est dangereux de se tenir comme ça. Si nous heurtons une bosse…

– Vous allez épouser Herta? la coupa le garçon.

– Herta? Quelle Herta?

– La bonne de la maison.

– Herta Theissen? s'étonna Ernst dont la voix atteignit des sommets scandalisés. Certainement pas. Qu'est-ce qui peut te faire croire une chose pareille?

– Elle vous trouve beau, drôle et attentionné.

Beatrix éclata de rire derrière ses mains.

– C'est vrai, Ernst? demanda-t-elle pour le taquiner. La charmante Herta est amoureuse de toi?

– Toutes les femmes sont amoureuses de moi, répondit-il en haussant les épaules. C'est ma croix. Il leur suffit d'un regard pour tomber et se perdre à jamais, ajouta-t-il en claquant des doigts. Ce n'est pas facile d'être aussi beau.

– Ou aussi modeste, ajouta Beatrix.

– Elle apprécie peut-être votre uniforme, suggéra Pierrot.

– Toutes les filles aiment les uniformes, dit Ernst.

– Toutes les filles, peut-être, mais pas tous les uniformes, fit remarquer Beatrix.

– Tu sais pourquoi les hommes portent un uniforme, Pierrot ? reprit le chauffeur.

Il secoua la tête.

– Parce qu'un homme en uniforme est persuadé de pouvoir faire ce qu'il veut.

– Ernst, souffla Beatrix.

– De pouvoir traiter les autres comme jamais il ne le ferait s'il était habillé en civil. Col, pardessus et bottes militaires – l'uniforme autorise l'homme à exercer sa cruauté sans se sentir coupable.

– Arrête, Ernst, insista Beatrix.

– Tu n'es pas de mon avis ?

– Tu sais bien que si, répondit-elle. Mais ce n'est pas le moment de discuter de ça.

Ernst se tut et ils roulèrent en silence tandis que Pierrot s'efforçait de comprendre le sens des paroles du chauffeur. Il adorait les uniformes et aurait bien voulu en avoir un.

– Il y a des enfants avec qui je pourrais jouer sur la montagne ? demanda-t-il peu après.

– Je crains que non, répondit Beatrix. En ville, oui. Et, bien sûr, tu vas bientôt commencer l'école. Je suppose alors que tu t'y feras des amis.

– Pourront-ils venir jouer au Berghof ?

– Non, Monsieur n'apprécierait pas.

– On doit veiller l'un sur l'autre, Pierrot, intervint Ernst. J'ai besoin d'un autre homme à la maison. Toutes ces femmes me martyrisent.

– Pourtant vous êtes vieux.

– Pas tant que ça.

– Vingt-sept ans, c'est ancien.

– Si Ernst est ancien, je suis quoi ? demanda Beatrix.

Pierrot hésita.

– Préhistorique ! répondit-il en pouffant, et Beatrix éclata de rire.

– Pierrot, dit Ernst. Tu as beaucoup à apprendre sur les femmes.

– Tu avais des amis à Paris ? demanda Beatrix.

– Quelques-uns, répondit-il. Et un ennemi juré qui m'appelait « le Nain », parce que je suis si petit.

– Tu grandiras, le rassura Beatrix.

– Les brutes sont partout, dit Ernst en même temps.

– Mais mon meilleur ami s'appelait Anshel, il habitait l'étage en dessous de chez nous et il me manque beaucoup. Il s'occupe de mon chien, d'Artagnan, car je n'ai pas eu le droit de le prendre avec moi à l'orphelinat. J'ai habité quelques semaines chez eux après que maman est morte, mais sa mère ne voulait pas que je reste.

– Pourquoi ? demanda Ernst.

Pierrot réfléchit à ce qu'il allait répondre et envisagea même de lui rapporter la conversation qu'il avait surprise entre Mme Bronstein et son amie dans la cuisine ce jour-là, mais il se ravisa. Il n'avait pas oublié comment Mme Bronstein s'était mise en colère quand elle l'avait surpris avec la kippa d'Anshel sur la tête et comment elle avait refusé qu'il les accompagne à la synagogue.

– Anshel et moi passions tout notre temps ensemble, expliqua-t-il sans tenir compte de la question d'Ernst. Sauf quand il écrivait des histoires.

– Des histoires ? s'étonna le chauffeur.

– Il veut être écrivain plus tard.

Beatrix sourit.

– Toi aussi ? demanda-t-elle.

– Non, répondit Pierrot. J'ai fait plusieurs essais mais je ne suis jamais arrivé à écrire quelque chose qui tienne debout. En revanche, j'inventais des histoires ou je racontais à Anshel ce qui m'était arrivé de drôle à l'école, et il disparaissait une heure pour tout mettre noir sur blanc, puis me donnait le manuscrit. Il disait toujours que même si je n'écrivais pas, c'étaient quand même mes histoires.

Beatrix tambourina du bout des doigts sur le siège en cuir.

– Anshel…, dit-elle un instant après. Bien sûr, c'est sa mère qui m'a écrit pour m'indiquer où te trouver. Quel est le nom de famille de ton ami, déjà ?

– Bronstein.

– Anshel Bronstein. Je vois.

Une fois encore, Pierrot surprit le regard de sa tante croiser celui d'Ernst dans le rétroviseur et, cette fois, le chauffeur secoua imperceptiblement la tête d'un air grave.

– Je vais m'ennuyer, lâcha Pierrot, démoralisé.

– Tu n'auras pas le temps de t'ennuyer en dehors de l'école, dit Beatrix. On te trouvera du travail.

– Du travail ! s'écria-t-il en lui lançant un regard surpris.

– Eh oui. À la maison au sommet de la montagne, tout le monde doit travailler. Même toi. Monsieur dit que le travail libère.

– Je croyais déjà être libre, s'insurgea Pierrot.

– Moi aussi, renchérit Ernst. Il se trouve qu'on s'est trompés tous les deux.

– Arrête, Ernst, s'emporta Beatrix.

– Quel genre de travail ? demanda Pierrot.

– Je n'en sais rien encore. Monsieur aura peut-être des idées. Sinon, je suis certaine que Herta et moi te trouverons quelque chose à faire. À moins que tu n'aides Emma en cuisine. N'aie pas l'air si contrarié, Pierrot. De nos jours, chaque Allemand se doit de contribuer à l'effort national, qu'il soit jeune ou vieux.

– Mais je ne suis pas allemand, dit Pierrot. Je suis français.

Beatrix se tourna vivement vers lui et son sourire disparut.

– Tu es né en France, c'est exact. Et ta mère était française. Mais ton père, mon frère aîné, était allemand. Ce qui fait de toi un Allemand, tu comprends ? À partir de maintenant, il vaudrait mieux que tu ne mentionnes pas ton pays d'origine.

– Mais pourquoi ?

– Parce que c'est plus prudent ainsi, répondit-elle. Et puis, j'aimerais aborder un autre sujet avec toi. Ton prénom.

– Mon prénom ? répéta Pierrot en lui lançant un regard inquiet.

– Oui, confirma-t-elle.

Elle hésita à poursuivre, comme si elle ne parvenait pas à croire ce qu'elle s'apprêtait à lui dire.

– Il serait préférable que tu renonces à Pierrot.

Il la regarda, bouche bée, incrédule.

– Mais je me suis toujours appelé Pierrot. C'est… c'est mon prénom !

– Le problème, c'est qu'il est trop français. Peut-être pourrait-on changer pour Pieter. C'est l'équivalent allemand de Pierrot et ça n'est pas si différent.

– Mais je ne suis pas Pieter, je suis Pierrot, insista-t-il.

– S'il te plaît, Pieter…

– Pierrot !

– Fais-moi confiance sur ce point. Au fond de ton cœur, tu t'appelleras toujours Pierrot. Mais au sommet de la montagne, quand il y aura du monde – et surtout quand Monsieur et Madame seront là – tu t'appelleras Pieter.

Pierrot soupira.

– Je n'aime pas ce prénom.

– Il faut que tu comprennes que je ne veux que ton bien. C'est pour cette raison que je t'ai fait venir ici auprès de moi. Mon souhait est que tu sois en sécurité. Et c'était, à ma connaissance, le seul moyen d'y parvenir. Il faut que tu m'obéisses, Pieter, même si parfois je te demande de faire des choses un peu étranges.

Ils continuèrent le trajet en silence, descendant toujours la montagne, et Pierrot se demanda quels autres changements majeurs allaient affecter sa vie d'ici la fin de l'année.

– Quel est le nom de la ville où on va ? finit-il par demander.

– Berchtesgaden, répondit Beatrix. On n'est plus très loin. On y sera dans quelques instants.

– C'est toujours Salzbourg ? demanda-t-il, se rappelant que c'était le dernier nom épinglé au revers de sa veste.

– Non, Salzbourg est à trente kilomètres d'ici. Les montagnes qui nous entourent s'appellent les Alpes bavaroises. De ce côté-ci, dit-elle en indiquant la vitre de gauche, se trouve la frontière avec l'Autriche. Et de ce côté-là – elle indiqua la droite – se trouve Munich. Tu es passé par Munich pour venir ici, n'est-ce pas ?

– Oui, répondit Pierrot. Ainsi que par Mannheim,

ajouta-t-il en repensant au soldat qui lui avait marché sur la main dans la gare et semblait y avoir pris du plaisir. Alors, de ce côté-ci, ajouta-t-il en indiquant un point invisible au loin, par-delà les montagnes, c'est Paris. C'est chez moi.

Beatrix secoua la tête et obligea Pierrot à baisser la main.

– Chez toi, c'est là-haut, sur l'Obersalzberg. C'est ta maison, désormais. Tu ne dois plus penser à Paris. Il se peut que tu n'y retournes pas de sitôt.

Pierrot sentit une profonde tristesse l'envahir, et le visage de maman lui apparut, une image prit forme dans sa tête, il se revit assis le soir au coin du feu pendant qu'elle tricotait et qu'il lisait un livre ou dessinait dans son carnet. Il repensa à d'Artagnan, à Mme Bronstein et, quand ce fut le tour d'Anshel, ses doigts dessinèrent le signe du renard et le signe du chien.

Je veux rentrer à la maison, dit-il avec ses mains, des gestes que seul Anshel aurait pu comprendre.

– Qu'est-ce que tu fais ? demanda Beatrix.

– Rien, répondit Pierrot en reposant ses mains sur le siège, et il regarda par la vitre.

Quelques instants plus tard, ils arrivèrent à la bourgade de Berchtesgaden et Ernst gara la voiture dans un endroit tranquille.

– Tu en as pour longtemps ? demanda-t-il en se retournant vers Beatrix.

– Un petit moment, répondit-elle. Il lui faut des vêtements, des chaussures. Une bonne coupe de cheveux ne lui ferait pas de mal non plus, qu'en dis-tu ? Il faut que je le rende un peu moins français et un peu plus allemand.

Le chauffeur examina Pierrot et hocha la tête.

– Sans doute, dit-il. Mieux il est habillé, mieux c'est pour nous. Il peut encore changer d'avis, après tout.

– Qui pourrait changer d'avis ? demanda Pierrot.

– Disons deux heures, proposa tante Beatrix sans tenir compte de sa question.

– Parfait.

– À quelle heure tu…

– Juste avant midi. La réunion ne devrait pas durer plus d'une heure.

– De quelle réunion s'agit-il ? demanda Pierrot.

– Aucune, répliqua Ernst.

– Mais vous venez de dire…

– Pieter, tais-toi, le tança Beatrix. On ne t'a jamais dit de ne pas écouter les conversations des autres ?

– Mais je suis dans la même voiture que vous, s'insurgea-t-il. Je ne peux pas faire autrement que de vous entendre.

– Ne t'inquiète pas, intervint Ernst en lui souriant. Tu as aimé la balade en voiture ?

– Certainement, répondit Pierrot.

– Je suppose qu'un jour tu auras envie d'apprendre à conduire une voiture comme celle-ci ?

– Oh, oui ! J'adore les voitures.

– Si tu es un bon garçon, je t'apprendrai peut-être. C'est une faveur que je t'accorde. En échange, accepterais-tu de m'en accorder une ?

Pierrot se tourna vers sa tante, mais celle-ci ne dit rien.

– Je peux essayer, dit-il.

– Non, il faut que tu fasses plus qu'essayer, insista Ernst. Il faut que tu me le promettes.

– Entendu, je le jure. C'est quoi ?

– Ton ami, Anshel Bronstein.

– Quoi ? demanda Pierrot en se rembrunissant.

– Ernst…, commença Beatrix manifestement inquiète, en se penchant vers lui.

– Un instant, Beatrix, s'il te plaît, plaida le chauffeur d'un ton grave que Pierrot ne lui avait pas entendu de la matinée. La faveur que je te demande est de ne jamais prononcer le nom de ce garçon quand tu seras dans la maison au sommet de la montagne. Tu comprends ?

Pierrot le regarda comme s'il était devenu fou.

– Mais pourquoi ? C'est mon meilleur ami. Je le connais depuis que je suis né. Il est comme mon frère.

– Non ! s'écria Ernst d'un ton cassant. Il n'est pas ton frère. Ne dis pas une chose pareille. Tu peux le penser si nécessaire, mais pas le formuler à haute voix.

– Ernst a raison, renchérit Beatrix. Il serait préférable que tu ne parles pas du tout de ton passé. Garde tes souvenirs en mémoire, mais ne les évoque pas.

– Et ne parle jamais de cet Anshel, insista Ernst.

– Je n'ai pas le droit de mentionner mes amis, pas le droit de m'appeler Pierrot, fit-il remarquer, chagrin. Y a-t-il autre chose encore ?

– Non, ça s'arrête là, répondit-il en lui souriant. Tu te conformes à ces deux règles et, un jour, je t'apprendrai à conduire.

– D'accord, consentit Pierrot à regret en se demandant si le chauffeur n'était pas un peu zinzin – ce qui n'était pas un avantage pour un homme obligé de conduire une voiture sur une route en lacet plusieurs fois par jour.

– Dans deux heures, alors, dit Ernst au moment où tout le monde sortait de voiture.

Pierrot commençait à s'éloigner, quand il se retourna et vit le chauffeur prendre affectueusement sa tante par le coude et la regarder droit dans les yeux, sans sourire cette fois, plutôt comme si tous deux partageaient un moment angoissant.

La ville était très animée et tante Beatrix salua plusieurs connaissances en chemin, expliquant aux uns et aux autres que Pierrot, son neveu, était venu vivre avec elle. Les soldats étaient nombreux également ; quatre d'entre eux, attablés à l'extérieur d'une taverne, fumaient et buvaient de la bière, même s'il était encore tôt dans la journée. Voyant Beatrix arriver, ils jetèrent leurs cigarettes et s'assirent correcte-ment ; un des quatre essaya même de cacher sa bière derrière son casque mais en vain, la chope était trop haute. Beatrix prit délibérément le parti de ne pas les regarder, mais Pierrot ne put s'empêcher d'être intrigué par le remue-ménage que le passage de sa tante avait provoqué.

– Tu connais ces soldats? demanda-t-il.

– Non, répondit-elle, mais ils me connaissent. Ils ont peur que je les dénonce parce qu'ils boivent au lieu de patrouiller. Chaque fois que Monsieur n'est pas là, leur comportement se relâche. Voilà, on y est, annonça-t-elle alors qu'ils s'arrêtaient devant la vitrine d'un magasin de vêtements. Ils ont l'air parfaits, non?

Les deux heures qui suivirent furent sans doute les plus ennuyeuses que Pierrot ait jamais vécues. Beatrix insista pour qu'il essaye la tenue traditionnelle du petit Allemand – chemise blanche, culotte de cuir marron retenue par des bretelles et chaussettes hautes recouvrant le bas de la culotte –, puis elle le traîna chez un marchand de chaussures où l'on prit les mesures de ses pieds et où on l'obligea à marcher de long en large sous tous les regards. Après quoi ils retournèrent dans la première boutique, où des retouches avaient été faites. Il dut réessayer toute la tenue et tourner sur lui-même au milieu du magasin pendant que sa tante et la vendeuse le couvraient de compliments.

Pierrot se sentait ridicule.

– On peut y aller maintenant? demanda-t-il au moment où sa tante payait la note.

– Oui, bien sûr, répondit-elle. Tu as faim? Si on déjeunait?

Il n'eut pas besoin de réfléchir à la question. Il avait toujours faim. Il le dit à sa tante qui éclata de rire.

– Tu es comme ton père, lui fit-elle remarquer.

– Je peux te poser une question ? lui demanda-t-il après qu'elle eut commandé du café, de la soupe et des sandwichs dans l'établissement où ils étaient entrés.

– Oui, bien sûr.

– Pourquoi tu n'es jamais venue nous voir quand j'étais petit ?

Beatrix attendit que la serveuse ait apporté leur commande avant de répondre.

– Enfants, nous n'étions pas très proches, ton père et moi. Il était plus âgé et nous n'avions pas grand-chose en commun. Mais quand il est parti à la Grande Guerre, il m'a terriblement manqué et j'étais toujours inquiète pour lui. Bien sûr, il nous écrivait, parfois des lettres sensées et parfois des lettres incohérentes. Comme tu le sais, il a été gravement blessé…

– Non, l'interrompit Pierrot. Je ne savais pas.

– Ah, oui. Je me demande pourquoi personne ne t'a jamais rien dit. Un soir, dans les tranchées, sa compagnie a été attaquée par les Anglais. Tous ses compagnons ont été tués, mais ton père a réussi à s'échapper, malgré la balle qu'il avait prise dans l'épaule et qui, à quelques centimètres près, aurait pu le tuer. Il s'est caché dans la forêt voisine d'où il a pu voir les Anglais traîner hors de la tranchée un malheureux garçon, le dernier survivant. Les soldats se sont disputés pour savoir quel sort lui réserver, quand l'un d'entre eux lui a tiré une balle dans la tête. Wilhelm a rejoint les lignes

allemandes tant bien que mal, mais il avait perdu beaucoup de sang et il délirait. Il a été sommairement soigné,
puis envoyé à l'hôpital quelques semaines, où il aurait pu
rester – mais non, il a tout fait pour retourner au front après
sa convalescence.

Beatrix regarda autour d'elle pour vérifier si personne ne
les écoutait et baissa la voix jusqu'au murmure.

– Je pense que ses blessures ajoutées aux scènes dont il a
été témoin cette nuit-là ont gravement perturbé son esprit.
Après la guerre, il n'a plus jamais été le même. Il débordait
de colère, de haine pour tous ceux à qui il imputait la défaite
de l'Allemagne. On s'est fâchés à cause de ça. Je le trouvais
borné et il prétendait que je ne savais pas de quoi je parlais
puisque je n'avais rien vu des combats.

Pierrot fronça les sourcils, s'efforçant de comprendre sa
tante.

– Mais tu n'étais pas de son avis ? demanda-t-il.

– D'une certaine façon, répondit-elle. Mais Pieter, ce
n'est pas le moment approprié pour cette conversation.
Quand tu seras plus grand, peut-être serai-je en mesure de
te l'expliquer en détail. Quand tu en sauras un peu plus sur
la marche du monde. Maintenant, il faut nous dépêcher de
finir de manger. Ernst va nous attendre.

– Mais il n'aura pas terminé sa réunion.

Beatrix se tourna vers Pierrot et le regarda droit dans les
yeux.

– Il n'a pas de réunion, Pieter, dit-elle en colère – c'était la première fois qu'il l'entendait lui parler sur ce ton. Il nous attend à l'endroit où nous l'avons laissé. Tu as compris ?

Pierrot acquiesça, un peu effrayé.

– Entendu, répondit-il en prenant la décision de ne plus jamais aborder le sujet, même s'il était certain de ce qu'il avait entendu (personne au monde ne pourrait jamais le convaincre du contraire).

7

Le bruit du cauchemar

Quelques semaines plus tard, un samedi matin, Pierrot se réveilla pour découvrir la maison en pleine effervescence. La bonne en chef, Ute, était en train de changer les draps et d'aérer toutes les pièces pendant que Herta courait dans tous les sens, affolée, le visage encore plus rouge que d'habitude, et balayait les sols avant de les récurer à grande eau.

– Pieter, tu vas devoir préparer ton petit déjeuner tout seul, annonça Emma, quand Pierrot entra dans la cuisine.

On avait sorti une multitude de plats, et le livreur de Berchtesgaden était déjà monté au Berghof, à voir les cagettes de fruits et de légumes posées un peu partout sur tous les meubles.

– J'ai tellement de choses à faire et si peu de temps, se plaignit Emma.

– Je peux vous aider ? demanda-t-il, car c'était un de ces matins où il s'était réveillé en se sentant très seul et où l'idée de rester à ne rien faire toute la journée le rebutait.

– J'ai besoin d'aide, répondit-elle, mais de l'aide d'un professionnel, pas d'un petit garçon de sept ans. Peut-être plus tard, tu pourras faire quelque chose pour moi. Entre-temps, tiens – elle prit une pomme dans une cagette et la lui lança –, va la manger dehors. Ça t'occupera un moment.

Pierrot retourna dans l'entrée où il croisa tante Beatrix qui vérifiait sur son bloc les tâches à accomplir avant de cocher celles qui l'étaient déjà.

– Qu'est-ce qui se passe ? demanda-t-il. Pourquoi tout le monde est-il si affairé aujourd'hui ?

– Monsieur et Madame sont attendus d'ici quelques heures, répondit-elle. Un télégramme en provenance de Munich est arrivé cette nuit et nous a tous surpris. Il serait préférable que tu te tiennes à l'écart. Tu as pris un bain ?

– Hier soir.

– Bien. Pourquoi tu n'irais pas lire sous un arbre ? C'est une belle journée de printemps. Au fait…

Elle souleva les premières pages de son bloc et retira une enveloppe qu'elle tendit à Pierrot.

– C'est quoi ? demanda-t-il, surpris.

– Une lettre, répondit-elle d'un ton sévère.

– Pour moi ?

– Oui.

Pierrot regarda la lettre avec des yeux médusés. Qui pouvait lui écrire ?

– C'est ton ami Anshel, dit Beatrix.

– Comment tu le sais ?

– Je l'ai ouverte, évidemment.

Pierrot se rembrunit.

– Tu l'as ouverte ?

– Et j'ai bien fait, répondit Beatrix. Il faut me croire quand je te dis que je ne pense qu'à ton intérêt.

Il prit la lettre et remarqua que l'enveloppe avait été décachetée et son contenu sorti pour être examiné.

– Tu dois lui répondre, reprit-elle. Aujourd'hui serait le mieux. Dis-lui de ne plus jamais t'écrire.

Pierrot regarda sa tante avec stupéfaction.

– Mais pourquoi ?

– Je sais que cela peut te paraître étrange. Mais les lettres de ce… cet Anshel pourraient te mettre dans un sale pétrin. Et moi aussi. Si ton ami s'appelait Franz ou Heinrich ou Martin, il n'y aurait aucun problème. Mais Anshel ?

Beatrix secoua la tête.

– Une lettre d'un petit Juif ne passerait pas du tout ici.

Pierrot jouait au ballon dans le jardin peu avant midi quand une dispute éclata. Beatrix venait de découvrir Ute et Herta en train de fumer et de faire des commentaires en regardant Pierrot, assises sur un banc à l'arrière de la maison.

– Qu'est-ce que vous faites là ? s'écria-t-elle, en colère. Alors que les miroirs n'ont pas été frottés, que la cheminée du salon est dégoûtante et que personne n'a encore descendu les tapis du grenier.

– On se reposait un peu, soupira Herta. On ne peut pas travailler à chaque instant de la journée.

– Sottises ! Emma m'a dit que vous preniez le soleil depuis plus d'une demi-heure.

– Emma est une moucharde, cracha Ute en croisant les bras d'un air de défi, le regard tourné vers les montagnes.

– On pourrait vous en raconter sur elle, ajouta Herta. Où disparaissent les œufs et les tablettes de chocolat du cellier, par exemple ? Sans parler de ce qu'elle fricote avec Lothar, le laitier.

– Les cancans ne m'intéressent pas, trancha Beatrix. J'ai seulement besoin que tout soit en ordre avant l'arrivée de Monsieur. Franchement, j'ai parfois l'impression de diriger un jardin d'enfants avec vous deux.

– C'est vous qui avez introduit un enfant dans la maison, pas nous, répondit Herta du tac au tac.

Le silence se fit tandis que Beatrix la fusillait du regard.

Pierrot approcha, curieux de savoir qui allait l'emporter, mais quand sa tante le vit, elle le renvoya.

– Pieter, rentre à la maison, dit-elle. Ta chambre a besoin d'être nettoyée.

– D'accord, dit-il en faisant demi-tour avant de se cacher derrière un mur afin d'écouter la suite de la conversation.

– Qu'est-ce que tu as dit ? demanda Beatrix en se tournant vers Herta.

– Rien, répondit cette dernière en regardant ses pieds.

– Tu n'as aucune idée de ce que ce petit garçon a enduré. D'abord, son père l'abandonne, et meurt sous les roues d'un train. Ensuite, c'est au tour de sa mère de mourir de la tuberculose, et le pauvre enfant est envoyé dans un orphelinat. A-t-il causé des ennuis une fois seulement depuis qu'il est ici ? Non ! N'a-t-il pas toujours été gentil et poli alors qu'il pleure toujours ses parents ? Si ! Franchement, Herta, je m'attendais à un peu plus de compassion de ta part. Ce n'est pas comme si tu avais eu la vie facile non plus, n'est-ce pas ? Tu devrais comprendre ce qu'il vit.

– Pardon, marmonna-t-elle.

– Plus fort.

– J'ai dit pardon, répéta Herta.

– Elle a demandé pardon, renchérit Ute.

Beatrix hocha la tête.

– Entendu, dit-elle d'un ton plus conciliant. Plus de remarques désobligeantes et, surtout, plus d'oisiveté. Vous ne voudriez pas que j'en parle à Monsieur, n'est-ce pas ?

Les deux filles se levèrent d'un bond, effrayées à cette idée ; elles écrasèrent leurs cigarettes sous leurs semelles, puis lissèrent leurs tabliers.

– Je frotterai les miroirs, annonça Herta.

– Et je nettoierai la cheminée, dit Ute.

– Bien, approuva Beatrix. Je m'occupe des tapis. Dépêchez-vous, ils ne vont pas tarder à arriver et je veux que tout soit parfait.

La voyant revenir, Pierrot se précipita dans la maison, prit le balai dans l'entrée et partit nettoyer sa chambre.

– Pieter, mon chéri, dit Beatrix en entrant. Sois gentil, va me chercher mon cardigan dans mon armoire, s'il te plaît.

– D'accord, répondit-il en appuyant le balai contre le mur avant de filer à l'autre bout du couloir.

Il n'était entré dans la chambre de sa tante qu'une seule fois, la semaine de son arrivée, quand elle lui avait fait visiter la maison. La pièce ne présentait guère d'intérêt et renfermait à peu près le même mobilier que la sienne – un lit, une armoire, une commode avec un broc et une cuvette – mais elle était, de loin, la plus grande des chambres du personnel.

Pierrot ouvrit l'armoire et prit le cardigan, mais, avant de quitter la pièce, son œil fut attiré par quelque chose qu'il n'avait pas remarqué la première fois. Accrochée au mur, une photographie de ses parents, bras dessus, bras dessous, portant un petit bébé enveloppé dans des couvertures. Émilie souriait d'un air radieux, mais Wilhelm semblait abattu et le bébé – Pierrot, bien sûr – dormait à poings fermés. Une date figurait dans un coin – 1929 – ainsi que le nom du photographe – *Matthias Reinhardt, Montmartre*. Pierrot savait exactement où se trouvait Montmartre. Il se revoyait sur les marches du Sacré-Cœur écoutant maman lui raconter qu'elle était venue, jeune fille, en 1919, assister à la consécration de la basilique par le cardinal Amette. Elle adorait flâner dans les allées du marché aux puces, regarder les artistes peindre dans la rue. Parfois, Wilhelm, maman et Pierrot passaient l'après-midi à s'y promener, en mangeant des friandises, avant de rentrer à la maison. C'était un endroit où ils avaient été heureux en famille, à une époque où papa n'était pas aussi perturbé qu'il le fut plus tard, et avant que maman tombe malade.

Pierrot sortit de la chambre et, ne trouvant Beatrix nulle part, cria son nom, ce qui la fit sortir en trombe du salon.

– Pieter ! s'écria-t-elle. Ne fais plus jamais ça ! Dans cette maison, on ne court pas et on ne crie pas. Monsieur ne supporte pas le bruit.

– D'un autre côté, il en fait pas mal, commenta Emma du pas de la porte de la cuisine en s'essuyant les mains à un torchon. Ça ne le dérange pas de piquer une colère quand ça lui chante, si je ne me trompe ; de gueuler comme un putois quand les choses ne filent pas droit.

Beatrix fit volte-face et toisa la cuisinière comme si elle avait perdu la tête.

– Un de ces jours, tu vas avoir de sacrés ennuis à parler à tort et à travers.

– Tu n'es pas ma chef, répliqua Emma en pointant le doigt vers Beatrix. Alors ne te comporte pas comme si tu l'étais. Cuisinière et gouvernante, c'est pareil.

– Je ne prétends pas être ta supérieure, Emma, dit Beatrix du ton épuisé de celle qui a déjà eu cette conversation. Je veux simplement que tu te rendes compte à quel point tes paroles peuvent être dangereuses. Pense ce que tu veux, mais ne le clame pas sur les toits. Suis-je la seule dans cette maison à avoir du plomb dans la cervelle ?

– Je dis ce que j'ai sur le cœur, rétorqua Emma. Je l'ai toujours fait et je continuerai de le faire.

– D'accord. Parle de cette façon devant Monsieur et tu verras où ça te mènera.

Emma ricana mais, à son expression, il était évident qu'elle ne s'y risquerait pas. Pierrot se mit à redouter Monsieur. Tout le monde semblait terrorisé par lui. Et pourtant, il avait été assez gentil pour l'accueillir. Tout cela était perturbant.

– Où est le garçon ? demanda Emma en regardant autour d'elle.

– Je suis là, répondit Pierrot.

– Mais oui. Je ne te trouve jamais quand j'ai besoin de toi. C'est parce que tu es tout petit. Tu ne crois pas qu'il serait temps de grandir ?

– Laisse-le tranquille, Emma, dit Beatrix.

– Je ne pensais pas à mal. Il me rappelle ces petites… – elle se frappa le front, s'efforçant de trouver le mot. Comment s'appellent ces petites créatures dans le livre ? s'interrogea-t-elle.

– Quelles petites créatures ? Quel livre ? demanda Beatrix.

– Tu sais bien ! insista Emma. Un homme débarque sur une île et, comparé aux petites créatures, il fait figure de géant. Elles le ligotent et…

– Les Lilliputiens ! l'interrompit Pierrot. C'est dans *Les Voyages de Gulliver*.

Les deux femmes le regardèrent avec des yeux ronds.

– Comment tu le sais ? demanda Beatrix.

– Je l'ai lu, répondit-il en haussant les épaules. Mon ami Ansh… Le garçon qui habitait en dessous de chez moi à Paris l'avait. Et je l'ai trouvé dans la bibliothèque de l'orphelinat.

– Arrête de faire ton malin, décréta Emma. Je t'ai dit que j'aurais du travail pour toi plus tard et c'est maintenant. Tu n'es pas une poule mouillée, n'est-ce pas ?

Pierrot se tourna vers sa tante en se demandant s'il ne ferait pas mieux de rester avec elle, mais elle se contenta de lui prendre le cardigan des mains et lui intima l'ordre de suivre Emma. En entrant dans la cuisine, il huma les délicieuses odeurs de gâteaux qui cuisaient depuis le matin – un mélange d'œufs, de sucre et de divers fruits – et regarda avec appétit les victuailles disposées sur la table dans des plats recouverts d'un torchon pour protéger leurs trésors.

– Bas les pattes, dit Emma en pointant le doigt vers lui. Si je reviens et qu'il manque quelque chose, je saurai à qui m'en prendre. J'ai tout compté, Pieter, garde ça en tête.

Ils sortirent dans la cour à l'arrière de la maison.

– Tu les vois ? demanda Emma en lui indiquant les poulets dans le poulailler.

– Oui, répondit Pierrot.

– Regarde-les bien et choisis les deux plus gros.

Il s'approcha du grillage et examina les poulets avec attention. Il y en avait plus d'une douzaine ; certains étaient immobiles, d'autres se cachaient derrière leurs semblables et d'autres encore picoraient du grain.

– Celui-là, annonça Pierrot en désignant d'un signe de tête un poulet qui avait l'air aussi peu joyeux que peut l'être un poulet. Et celui-ci, ajouta-t-il en montrant un autre qui courait en tous sens et provoquait, de ce fait, une belle pagaille.

– Très bien, dit Emma en poussant Pierrot hors de son chemin pour ouvrir le loquet du poulailler.

Les poulets se mirent aussitôt à caqueter, mais Emma plongea la main et sortit les deux que Pierrot avait choisis en les tenant par les pattes, la tête en bas.

– Ferme ça, dit-elle avec un hochement de tête en direction du poulailler.

Pierrot s'exécuta.

– Bien. Maintenant suis-moi. Les autres n'ont pas besoin de voir ce qui va suivre.

Pierrot tourna le coin de la maison dans le sillage de la cuisinière en se demandant quelle idée elle avait en tête. C'était de loin ce qui se passait de plus palpitant depuis des jours. Peut-être allaient-ils jouer avec les poulets ou organiser une course pour désigner le plus rapide.

– Tiens-moi celui-là, ordonna Emma en lui tendant le plus calme des deux.

Pierrot prit le poulet du bout des doigts en le tenant par les pattes le plus loin possible de son corps. L'animal ne cessait de tourner la tête vers lui mais il le fit pivoter pour éviter de recevoir un coup de bec.

– Qu'est-ce qui se passe maintenant ? demanda-t-il en regardant Emma poser l'autre poulet de côté sur une souche d'arbre qui lui arrivait à la taille et le maintenir fermement.

– Ça ! répondit Emma en abattant d'un geste vif sur le cou du poulet le couperet qu'elle venait de ramasser, sectionnant la tête, qui roula par terre.

Le poulet décapité se mit à courir en tous sens, avant de ralentir puis de s'affaisser sur le sol, mort.

Pierrot regarda la scène, horrifié, et, sentant le paysage tourner autour de lui, il chercha à s'appuyer à la souche d'arbre. Mais sa main rencontra une flaque de sang et il poussa un hurlement, tomba à la renverse et laissa s'échapper son poulet – qui, ayant assisté à la fin inattendue de son congénère, prit la sage décision de retourner en vitesse au poulailler.

– Relève-toi, Pieter ! l'enjoignit Emma en passant devant lui. Si Monsieur arrive et te trouve allongé par terre, il te passera un sacré savon.

Un raffut effroyable s'éleva du poulailler tandis que le poulet coincé à l'extérieur s'affolait en voulant à tout prix rentrer. Les autres le regardaient en poussant des cris stridents, mais ne pouvaient rien faire, bien sûr. Avant qu'il comprenne ce qui lui arrivait, Emma était sur lui et le ramenait par les pattes à la souche d'arbre où, en un éclair, il subit le même sort épouvantable que le précédent. Incapable de détourner les yeux, Pierrot sentit son estomac se retourner.

– Si tu vomis sur ce poulet et que tu le gâches, prévint

Emma en agitant le couperet, tu seras le prochain. Tu as compris ?

Les jambes flageolantes, Pierrot se remit debout, regarda le carnage qui s'offrait à sa vue – les deux têtes gisant dans l'herbe, le tablier d'Emma éclaboussé de sang – et rentra à toutes jambes à la maison en claquant la porte derrière lui. Même après être sorti de la cuisine, même dans le couloir, et jusque dans sa chambre, il continua d'entendre le rire d'Emma mêlé aux cris des poulets jusqu'à ce que l'ensemble ne fasse plus qu'un et devienne le bruit même du cauchemar.

Pierrot passa l'heure suivante, allongé sur son lit, à écrire une lettre à Anshel pour lui raconter ce dont il venait d'être témoin. Bien sûr, il avait déjà vu des poulets sans tête dans les vitrines des bouchers parisiens, et parfois, quand maman avait un peu d'argent, elle en rapportait un à la maison. Il la revoyait assise à la table de la cuisine en train de plumer la bête tout en confiant à Pierrot qu'ils pourraient tenir toute la semaine dessus s'ils faisaient attention, mais il n'avait jamais vu, de ses yeux vu, un poulet se faire tuer.

Bien sûr, quelqu'un devait s'en charger, se dit-il à juste titre. Mais il n'aimait pas le principe de la cruauté. Du plus loin qu'il se souvînt, il détestait toute forme de violence et s'était toujours tenu éloigné des affrontements. Certains garçons dans son école à Paris se battaient sous n'importe quel prétexte et y prenaient manifestement plaisir. Lorsque deux d'entre eux se défiaient, les poings levés, les autres enfants faisaient cercle autour d'eux afin de les dissimuler à la vue des maîtres et les encourageaient de la voix. Mais Pierrot n'assistait jamais à ces combats, il ne comprenait pas qu'on puisse se réjouir de faire du mal aux autres.

Et ceci, écrivit-il à Anshel, *s'applique aussi aux poulets.*

En revanche, il ne s'attarda pas sur les choses qu'Anshel lui avait rapportées dans sa lettre, à savoir que les rues de Paris devenaient de plus en plus dangereuses pour un garçon comme lui, que la vitrine de la boulangerie de M. Goldblum avait été brisée et l'inscription *Juden!* peinte sur sa porte; qu'il devait descendre dans le caniveau quand il croisait un non-Juif sur le trottoir. Pierrot n'avait tenu aucun compte de tout cela parce qu'il ne supportait pas l'idée qu'on s'en prenne à son ami et qu'on l'injurie.

À la fin de la lettre, il avertit Anshel que, désormais, il leur faudrait utiliser un code pour correspondre.

On ne peut pas se permettre de voir nos lettres tomber entre des mains ennemies! À partir de maintenant, on ne signera plus de nos noms. À la place, on terminera nos missives par le signe qu'on s'était donné quand on était ensemble à Paris. Toi, le renard et moi, le chien.

Quand Pierrot redescendit au rez-de-chaussée, il évita la cuisine, n'ayant aucune envie de voir ce qu'Emma faisait subir aux poulets. Il aperçut sa tante qui brossait les coussins du salon, d'où on avait une vue merveilleuse sur l'Obersalzberg. Deux oriflammes pendaient du mur, imposants et terribles – longues bandes de tissu rouge sang au milieu desquelles étaient dessinés quatre cercles blancs renfermant chacun une croix biscornue. Il longea le couloir sans bruit, croisa Ute et Herta qui apportaient des verres propres dans les chambres sur des plateaux, puis s'arrêta au bout, ne sachant que faire.

Les deux portes sur sa gauche étaient fermées, mais il entra dans la bibliothèque, et fit le tour des rayons pour lire les titres des livres. Il fut un peu déçu, aucun ne semblait aussi intéressant qu'*Émile et les détectives*. Pour l'essentiel, il s'agissait de livres d'histoire ou de biographies de personnes mortes. Une étagère était consacrée presque entièrement au même ouvrage – un livre écrit par Monsieur. Pierrot en feuilleta un exemplaire avant de le remettre en place.

Il termina son tour d'horizon par la table qui trônait au centre de la pièce – un grand bureau rectangulaire sur lequel était étalée une carte, maintenue fermement aux quatre coins par des galets. Pierrot reconnut aussitôt la carte d'Europe.

Il se pencha et repéra facilement Salzbourg mais ne réussit pas à localiser Berchtesgaden, au pied de la montagne. Il fit courir son doigt vers l'ouest, traça une ligne qui passait par Zurich et Bâle jusqu'à la France, jusqu'à Paris. Une profonde nostalgie l'envahit en repensant à sa maison, à ses parents ; il ferma les yeux et s'imagina allongé dans l'herbe au Champ-de-Mars avec Anshel, tandis que d'Artagnan traquerait des odeurs inconnues.

Il était tellement pris par sa rêverie qu'il n'entendit pas le personnel se précipiter dehors, la voiture s'arrêter devant la maison, Ernst dire quelque chose en ouvrant les portières pour laisser descendre les passagers. Pas plus qu'il n'entendit les paroles de bienvenue, puis les pas, dans le couloir, venant dans sa direction.

Prenant enfin conscience que quelqu'un le regardait, Pierrot finit par se retourner. Un homme se tenait dans l'embrasure de la porte, pas très grand, vêtu d'un gros pardessus gris, une casquette militaire glissée sous son bras, une petite moustache soulignant sa lèvre supérieure. Il fixait Pierrot en retirant ses gants, lentement, méthodiquement, un doigt après l'autre. Le cœur de Pierrot fit une embardée, il le reconnut sur-le-champ grâce au portrait dans sa chambre.

Monsieur !

Il se rappela les instructions que tante Beatrix lui avait serinées à de multiples reprises depuis son arrivée au Berghof et s'efforça de les suivre scrupuleusement. Il se redressa de toute sa hauteur, ramena ses pieds ensemble d'un mouvement sec, fit claquer ses talons, vite et fort, lança le bras droit, cinq doigts tendus un peu au-dessus de la hauteur de son épaule, puis, d'une voix aussi claire et assurée que possible, il cria les deux mots qu'il avait répétés inlassablement depuis qu'il habitait dans cette maison :

– *Heil*, Hitler !

Deuxième partie

1937-1941

8

Le paquet enveloppé dans du papier kraft

Cela faisait presque un an que Pierrot vivait au Berghof quand le Führer lui fit un cadeau.

Il avait huit ans et trouvait sa vie au sommet de l'Obersalzberg plutôt plaisante – y compris les tâches obligatoires qui lui étaient assignées quotidiennement. Il se levait tous les matins à sept heures et se précipitait dehors à la réserve pour prendre le sac de nourriture des poulets – un mélange de grains et de graines – dont il déversait une certaine quantité dans leur réservoir en guise de petit déjeuner. Après quoi il rentrait à la cuisine où Emma lui préparait un bol de céréales avec des fruits, puis il prenait un rapide bain froid.

Cinq matinées par semaine, Ernst le conduisait à l'école de Berchtesgaden. Comme il était nouveau et avait gardé un léger accent français, il était la risée de ses camarades de classe, sauf de la fillette assise à côté de lui, Katarina.

– Ne les laisse pas t'embêter, lui avait-elle conseillé. Je déteste les brutes. Ce sont des lâches. Tu dois leur tenir tête chaque fois que tu peux.

– Mais ils sont partout, avait répondu Pierrot avant de lui raconter que, à Paris, un garçon l'appelait « le Nain » et que, à l'orphelinat des sœurs Durand, Hugo avait été son bourreau.

– Tu n'as qu'à leur rire au nez, avait insisté Katarina. Il faut que leurs paroles glissent sur toi.

Pierrot avait attendu quelques instants avant de lui avouer le fond de sa pensée.

– Il ne t'arrive jamais de te dire que tu préférerais être une brute qu'une victime ? avait-il demandé avec hésitation. Comme ça, personne ne pourrait plus te faire de mal.

Katarina l'avait regardé avec des yeux incrédules.

– Non ! avait-elle répondu d'un ton sans appel. Sûrement pas, Pieter, je n'ai jamais pensé une chose pareille.

– Non, moi non plus, s'était-il empressé d'ajouter en détournant les yeux.

Quand l'après-midi touchait à sa fin, il était libre de vagabonder dans la montagne autant qu'il lui plaisait. Or, à cette altitude, le temps était souvent beau – l'air vif et clair, parfumé aux aiguilles de pin –, il ne se passait pas un jour sans qu'il soit dehors. Il grimpait aux arbres et s'enfonçait dans la forêt, s'aventurait loin de la maison avant de rebrousser chemin en suivant ses empreintes avec pour seul guide le ciel et sa connaissance du terrain.

Il ne pensait plus à maman autant qu'autrefois, même si son père lui apparaissait parfois en rêve, en uniforme et souvent un fusil à l'épaule. Il ne répondait plus aussi régulièrement à Anshel qui signait désormais toutes ses lettres du signe du renard – comme le lui avait suggéré Pierrot – au lieu de son nom. Chaque jour qui passait sans répondre à son ami lui donnait le sentiment coupable de le laisser tomber, mais en lisant ses lettres et en apprenant les nouvelles de Paris qui lui parvenaient, il s'aperçut qu'il était tout simplement incapable de trouver quoi lui répondre.

Le Führer n'était pas souvent présent au Berghof mais, chaque fois que son arrivée était annoncée, tout le monde était pris de panique et le travail ne manquait pas. Une nuit, Ute avait disparu sans même dire au revoir et avait été remplacée par Wilhelmina, une jeune fille sensible qui gloussait tout le temps et filait se cacher dans une autre pièce dès que Monsieur approchait. Pierrot avait surpris à plusieurs reprises le Führer en train de regarder Wilhelmina, et Emma, qui était cuisinière au Berghof depuis 1924, prétendait en connaître la raison.

– Quand je suis arrivée, Pieter, lui avait-elle raconté un matin après avoir fermé la porte de la cuisine et baissé la voix, pendant que Pierrot prenait son petit déjeuner, la maison ne s'appelait pas le Berghof. Non, c'est Monsieur qui a inventé ce nom. À l'origine, elle s'appelait *Haus Wachenfeld* et c'était la résidence secondaire d'un couple de Hambourg, les Winter. Cependant, à la mort de Herr Winter, sa femme s'est mise à louer la maison à des vacanciers. Pour moi, c'était terrible, car, chaque fois que de nouveaux locataires se présentaient, je devais m'informer de leurs goûts en matière de cuisine et de cuisson. Je me rappelle le premier séjour de Herr Hitler en 1928 avec Angela et Geli…

– Qui ? avait demandé Pierrot.

– Sa sœur et sa nièce. À un moment, Angela occupait le poste de ta tante. L'été où ils sont arrivés, Herr Hitler – à l'époque il n'était pas encore le Führer – m'a prévenue qu'il ne mangeait pas de viande. Je n'avais jamais entendu une chose pareille et j'avais trouvé ça terriblement étrange. Mais avec le temps, j'ai appris à cuisiner ses plats préférés et, Dieu merci, il ne nous a jamais empêchés de manger ce qu'on aimait.

Comme répondant à un signal, les poulets se mirent à caqueter dans la cour ; à croire qu'ils regrettaient que le Führer n'impose pas ses préférences alimentaires à tout le monde.

– Angela était une coriace, avait poursuivi Emma en s'asseyant sur une chaise, le regard perdu au-dehors tandis qu'elle revenait neuf ans en arrière. Monsieur et elle se disputaient à tout bout de champ et toujours à propos de Geli, la fille d'Angela.

– Elle avait mon âge ? avait demandé Pierrot en imaginant une fillette gambadant dans la montagne comme il le faisait chaque jour, songeant soudain que ce serait une bonne idée d'inviter Katarina au Berghof un de ces jours.

– Non, beaucoup plus âgée, avait répondu Emma. Environ vingt ans, je dirais. Pendant une période, elle a été très proche de Monsieur. Trop proche, sans doute.

– Comment ça ?

Emma avait hésité un instant, puis elle avait secoué la tête.

– Oublie. Je ne devrais pas parler de ce genre de choses. Surtout avec toi.

– Mais pourquoi ? avait insisté Pierrot dont la curiosité avait été piquée au vif. S'il te plaît, Emma. Je te jure que je ne dirai rien à personne.

La cuisinière avait soupiré, et Pierrot avait senti qu'elle mourait d'envie de lui faire partager ses ragots.

– D'accord, avait-elle consenti. Mais si tu souffles un mot de ce que je vais te dire…

– Je ne le ferai pas, s'était-il empressé de la rassurer.

– En fait, à l'époque, Monsieur était déjà le leader du parti national-socialiste, qui obtenait de plus en plus de sièges au Reichstag. Il était en train de se constituer une armée de sympathisants, et Geli n'était pas insensible à l'attention qu'il lui portait. Jusqu'à ce qu'elle s'en lasse. En revanche, Monsieur continuait de l'adorer et la suivait partout. C'est alors qu'elle est tombée amoureuse d'Emil, le chauffeur du Führer, ce qui a provoqué un sacré bazar. Ce pauvre Emil a été démis de ses fonctions – il a eu de la chance de s'en sortir vivant –, Geli était inconsolable et Angela, furieuse, mais le Führer refusait de laisser partir sa nièce. Il l'obligeait à l'accompagner partout, et la pauvre enfant devenait de plus en plus renfermée et malheureuse. La raison pour laquelle le Führer observe Wilhelmina avec une telle attention est sans doute qu'elle lui rappelle Geli. Elles ont beaucoup de points communs. Un visage rond, des yeux sombres, des fossettes. Toutes les deux écervelées. Je t'assure, Pieter, que, le premier jour où j'ai vu Wilhelmina, j'ai cru voir un fantôme.

Pierrot avait réfléchi à ce qu'il venait d'entendre pendant qu'Emma retournait à ses fourneaux. Après avoir lavé son bol et sa cuillère puis les avoir rangés dans le buffet, il s'était autorisé une dernière question :

– Pourquoi, un fantôme ? Qu'est-il arrivé à Geli ?

Emma avait poussé un profond soupir.

– Elle était retournée à Munich. Il l'avait emmenée. Il fallait toujours qu'il l'ait sous les yeux. Un jour qu'elle était seule dans l'appartement de Prinzregentenplatz, elle était allée dans la chambre de Monsieur, elle avait pris le revolver qui se trouvait dans le tiroir et s'était tiré une balle dans le cœur.

Eva Braun était toujours du voyage quand le Führer se rendait au Berghof, et il avait été chaudement recommandé à Pierrot de toujours s'adresser à elle en l'appelant *Fräulein*. C'était une grande femme d'une vingtaine d'années, blonde, les yeux bleus, toujours habillée à la dernière mode. Pierrot ne lui avait jamais vu deux fois la même tenue.

– Vous pouvez débarrasser toutes ces frusques, avait-elle

dit un jour à Beatrix – alors qu'elle s'apprêtait à quitter l'Obersalzberg après un séjour d'un week-end – en lui montrant la multitude de corsages et de robes suspendus dans son armoire grande ouverte. C'est la collection de la saison dernière. Les couturiers de Berlin m'ont promis de m'envoyer directement les prototypes de la nouvelle.

– Je les donne aux pauvres ? avait demandé Beatrix, mais Eva avait secoué la tête.

– Il serait déplacé pour toute Allemande aisée ou démunie de porter une robe qui a effleuré ma peau. Non, jetez-les dans l'incinérateur avec les autres déchets. Elles ne me conviennent plus. Qu'elles brûlent, Beatrix.

Eva ne faisait pas très attention à Pierrot – rien à voir avec l'attitude du Führer à son égard – mais, en le croisant dans le couloir, il lui arrivait de lui ébouriffer les cheveux ou de le chatouiller sous le menton, comme on le fait à un petit chien, en lui disant des choses comme : « Gentil petit Pieter » ou « Quel ange ! » – des remarques qui le mettaient mal à l'aise. Il n'aimait pas qu'on lui parle avec condescendance et il savait qu'elle avait toujours des doutes sur son véritable statut : serviteur, locataire indésirable ou toutou.

L'après-midi où le Führer lui offrit son cadeau, Pierrot était dans le jardin en train de jouer à lancer un bâton à Blondi, le berger allemand de Monsieur.

– Pieter ! cria Beatrix du pas de la porte en lui faisant signe. Viens ici, s'il te plaît !

– Je joue ! répondit Pierrot en ramassant le bâton que

Blondi venait de lui rapporter avant de le lui lancer à nouveau.

– Maintenant, Pieter ! insista Beatrix, et il marcha vers elle à contrecœur. Toi et ce chien ! Si je veux te trouver, il suffit que je suive les aboiements.

– Blondi adore le Berghof, dit Pierrot en souriant. Tu crois que je pourrais demander au Führer qu'il la laisse ici tout le temps au lieu de l'emmener à Berlin avec lui ?

– Si j'étais toi, je m'abstiendrais, répondit Beatrix en secouant la tête. Tu sais comme il est attaché à cette chienne.

– Mais Blondi adore la montagne. Il paraît qu'au siège du parti elle reste dans les salles de réunion et ne sort jamais. Tu as bien vu comme elle bondit hors de la voiture en arrivant ici.

– S'il te plaît, ne le lui demande pas, dit Beatrix. On ne réclame pas de faveurs au Führer.

– Mais ce n'est pas pour moi ! rétorqua Pierrot. C'est pour Blondi. Le Führer n'y verra pas d'inconvénient. Je pense que si c'est moi qui lui demande…

– Vous êtes devenus très proches, dis-moi ? demanda Beatrix, une note d'inquiétude dans la voix.

– Blondi et moi ?

– Herr Hitler et toi.

– Tu ne devrais pas l'appeler le Führer ?

– Si, bien sûr, c'est ce que je voulais dire. Mais c'est vrai, n'est-ce pas ? Tu passes beaucoup de temps avec lui lors de ses séjours.

Pierrot réfléchit, puis ouvrit des yeux comme des soucoupes en comprenant pourquoi.

– Il me rappelle papa, lui confia-t-il. À sa façon de parler de l'Allemagne, de son destin et de son passé. Du peuple allemand dont il est si fier. C'est ainsi que papa parlait.

– Mais ce n'est pas ton papa, dit Beatrix.

– Ça non, reconnut Pierrot. Lui ne passe pas ses nuits à boire. Il consacre sa vie à travailler pour le bien des autres, pour l'avenir de la patrie.

Beatrix le regarda avec attention, puis elle détourna les yeux vers le sommet des montagnes, et, quand Pierrot la vit serrer ses bras autour de son corps pour réprimer un frisson, il se dit que, contre toute attente, elle avait froid.

– Bref, reprit-il en se demandant s'il pouvait retourner jouer avec Blondi. Tu avais besoin de moi ?

– Pas moi, répondit Beatrix. Lui.

– Le Führer ?

– Oui.

– Pourquoi tu ne l'as pas dit plus tôt ? cria Pierrot en lui passant devant en trombe pour rentrer dans la maison, inquiet de se faire gronder. Tu sais qu'il ne faut pas le faire attendre !

Il se rua dans le couloir et faillit se cogner dans Eva qui sortait d'une pièce. Elle l'attrapa au vol et le retint en lui enfonçant profondément ses doigts dans les épaules. Il se tortilla.

– Pieter, dit-elle sèchement. Combien de fois t'ai-je dit de ne pas courir dans la maison ?

– Le Führer veut me voir, dit Pierrot dans un souffle en essayant de se dégager.

– Il t'a demandé ?

– Oui.

– Dans ce cas, dit-elle en jetant un coup d'œil à l'horloge accrochée au mur. Mais ne le retiens pas trop longtemps, tu as compris ? Le dîner sera bientôt servi et je voudrais lui faire écouter de nouveaux disques avant de manger. La musique l'aide toujours à digérer.

Pierrot fit un pas de côté et alla frapper à la large porte en chêne, puis il attendit qu'on l'invite à entrer. Il referma la porte derrière lui, avança sans hésitation jusqu'au bureau, claqua des talons comme il l'avait fait en d'innombrables occasions au cours des douze derniers mois et exécuta le salut d'un seul bras qui lui donnait l'impression d'être très important.

– *Heil* Hitler ! rugit-il à pleins poumons.

– Ah, te voilà, Pieter, dit le Führer en rebouchant son stylo à plume avant de contourner le bureau pour se planter devant lui. Enfin.

– Pardon, *mein* Führer, dit Pierrot. J'ai été retardé.

– Comment se fait-il ?

Il hésita.

– Quelqu'un me parlait dehors.

– Quelqu'un ? Qui ?

Pierrot ouvrit la bouche, sur le point de répondre, mais se retint. Il ne voulait pas mettre sa tante dans l'embarras, mais d'un autre côté, c'était de sa faute, elle ne lui avait pas transmis le message à temps.

– Aucune importance, dit Hitler peu après. L'essentiel est que tu sois là. Assieds-toi, s'il te plaît.

Pierrot s'assit au bord du canapé, parfaitement droit, tandis que le Führer prenait le fauteuil en face de lui. Un grattement à la porte lui fit tourner la tête.

– Tu peux la laisser entrer, dit-il.

Pierrot se leva d'un bond pour ouvrir la porte. Blondi pénétra dans le bureau en trottinant, leva la tête à la recherche de son maître, puis s'allongea à ses pieds en poussant un bâillement épuisé.

– Bon chien, dit-il en lui caressant la tête. Tu t'amusais bien dehors ? demanda-t-il.

– Oui, *mein* Führer, répondit Pierrot.

– À quoi jouais-tu ?

– À « va chercher », *mein* Führer.

– Tu sais t'y prendre avec elle, Pieter. Je n'arrive pas à la dresser. Je ne la punis jamais, c'est le problème. Je me laisse trop facilement attendrir.

– Je n'ai aucun mal, car elle est très intelligente, dit Pierrot.

– Elle appartient à une race intelligente, fit remarquer Hitler. Sa mère était futée, elle aussi. Tu as déjà eu un chien, Pieter ?

– Oui, *mein* Führer. D'Artagnan.

Hitler sourit.

– Bien sûr, un des trois mousquetaires d'Alexandre Dumas.

– Non, *mein* Führer.

– Non ?

– Non, *mein* Führer, répéta Pierrot. Les trois mousquetaires sont Athos, Portos et Aramis. D'Artagnan n'est qu'un… un de leurs amis. Cela dit, il faisait le même travail.

Hitler sourit.

– Comment se fait-il que tu saches tout cela ? demanda-t-il.

– Ma mère aimait beaucoup le livre. C'est elle qui a appelé mon chien d'Artagnan quand il était bébé.

– De quelle race était-il ?

– Je ne sais pas exactement, répondit Pierrot. Un mélange de tout.

Le Führer fit une moue dégoûtée.

– Je préfère les races pures. Sais-tu qu'une fois – il ébaucha un rire à l'absurdité de cette idée – un habitant de Berchtesgaden m'a demandé si je pouvais autoriser son bâtard à avoir des petits avec Blondi. Une requête aussi téméraire que répugnante. Je ne permettrai jamais qu'une chienne comme Blondi gâche son pedigree en batifolant avec des chiens qui ne valent pas un clou. Où est ton chien ?

Pierrot ouvrit la bouche pour lui raconter que d'Artagnan était allait vivre chez Mme Bronstein et Anshel après la mort de maman, mais se souvint que Beatrix et Ernst lui avaient recommandé de ne pas mentionner le nom de son ami devant le Führer.

– Il est mort, répondit-il, le regard baissé, en espérant que son mensonge ne se lise pas sur son visage.

Il détestait l'idée de perdre la confiance du Führer si d'aventure ce dernier le surprenait à mentir.

– J'adore les chiens, reprit Hitler sans un mot de condoléances. Mon préféré était un petit jack russell noir et blanc qui avait déserté l'armée anglaise et rejoint l'armée allemande pendant la guerre.

Pierrot leva les yeux d'un air sceptique, l'idée d'un chien déserteur lui semblait peu probable, mais le Führer sourit et agita le doigt.

– Tu crois que je plaisante, Pieter, mais je t'assure que non. Mon petit jack russel – je l'avais appelé Fuchsl, autrement dit Renard – était la mascotte des Anglais. Ils aimaient avoir des petits chiens dans les tranchées, ce qui était assez cruel. Certains étaient utilisés comme messagers, d'autres comme détecteurs de mortiers, car ils sont capables d'entendre le son de l'obus avant l'homme. C'est ainsi qu'ils ont sauvé une multitude de vies. Ils savent aussi déceler l'odeur du chlore ou du gaz moutarde et avertir leurs maîtres. Bref, une nuit – cela devait être en… attends que je réfléchisse… sans doute en 1915 – mon petit Fuchsl a traversé le *no man's land* sous les feux de l'artillerie sans se faire tuer et a sauté comme un acrobate dans la tranchée où j'étais stationné. Tu imagines ? À partir du moment où il a atterri dans mes bras, il ne m'a plus jamais quitté pendant deux ans. Il était plus fidèle et plus dévoué qu'aucun des hommes que j'ai rencontrés.

Pierrot essaya d'imaginer le petit chien traversant le

terrain à fond de train, évitant les balles, ses pattes glissant sur les membres arrachés et les viscères explosés des soldats des deux armées. Il savait tous ces détails par son père, qui les lui avait rapportés, et se les remémorer lui donna la nausée.

– Qu'est-il arrivé à Fuchsl ?

Le visage du Führer s'assombrit.

– Il m'a été lâchement volé, répondit-il d'une voix grave. Cela s'est passé au mois d'août 1917, dans une gare à quelques encablures de Leipzig ; un cheminot m'a proposé deux cents marks pour mon petit chien et je lui ai répondu que je ne le vendrais pas pour tout l'or du monde. Mais je suis allé aux toilettes avant le départ du train et, quand je suis remonté dans mon compartiment, Fuchsl, mon petit renard, avait disparu. Volé ! rugit Hitler au comble de la fureur en respirant bruyamment par le nez, la lèvre retroussée.

Vingt ans s'étaient écoulés, mais sa colère était toujours aussi vivace.

– Tu sais ce que je ferais si un jour j'attrapais l'homme qui m'a pris mon petit Fuchsl ? demanda-t-il.

Pierrot secoua la tête ; alors, le Führer se pencha en avant et lui fit signe d'en faire autant. Puis il leva la main et lui chuchota à l'oreille – trois phrases courtes et précises. Lorsqu'il se redressa, quelque chose qui ressemblait à un sourire parcourut son visage. Pierrot se rassit sans un mot. Il reporta son attention sur Blondi allongée sur le tapis ; la chienne ouvrit un œil et regarda en l'air sans bouger un muscle. Dieu sait si Pierrot aimait être en compagnie du Führer qui lui donnait toujours l'impression d'être très important, mais à ce moment précis, il aurait donné n'importe quoi pour être à nouveau dehors avec Blondi, en train de jeter des bâtons dans la forêt, de courir aussi vite que ses jambes le portaient. Pour le plaisir. Pour le bâton. Pour sa vie.

– Mais assez de tout cela, dit le Führer en tapotant à trois reprises les bords de son fauteuil, signe qu'il souhaitait changer de sujet. J'ai un cadeau pour toi.

– Merci, *mein* Führer ! s'exclama Pierrot, surpris.

– C'est quelque chose que tous les garçons de ton âge devraient avoir. (Il fit un geste vers le paquet enveloppé dans du papier kraft qui se trouvait sur une petite table à côté de son bureau.) Va le chercher, Pieter, je te prie.

Au mot « chercher », Blondi releva la tête, ce qui provoqua l'hilarité du Führer. Il caressa la tête du chien et lui ordonna de rester couché. Pierrot prit le paquet, qui contenait manifestement quelque chose de mou, et le rapporta à Monsieur en le tenant des deux mains avec soin.

– Non, non, dit Hitler. Je sais déjà ce qu'il contient. C'est pour toi, Pieter. Ouvre-le. Je pense que tu vas aimer.

Pierrot commença par dénouer la ficelle qui retenait le papier. Cela faisait longtemps qu'il n'avait pas reçu de cadeau et il était ravi.

– C'est très gentil de votre part, dit-il.

– Ouvre-le, répéta le Führer.

La ficelle se défit, le papier kraft s'entrouvrit, Pierrot

glissa la main à l'intérieur et retira des culottes courtes de couleur noire, une chemise marron clair, des chaussures, une vareuse bleu foncé, un petit foulard noir et un calot marron. Un écusson représentant deux éclairs blancs sur fond noir était cousu sur la manche gauche de la chemise.

Pierrot regarda le contenu du paquet avec un mélange d'inquiétude et d'envie. Il se souvint de ces garçons dans le train portant une tenue similaire qui, malgré des motifs différents, dégageait la même autorité. Il se rappelait leur méchanceté à son égard, le *Rottenführer* Kotler lui prenant ses sandwichs. Il ne savait pas trop s'il avait vraiment envie de leur ressembler. D'un autre côté, ces garçons n'avaient peur de rien et appartenaient à un groupe – *comme les mousquetaires*, se dit Pierrot. L'idée de n'avoir peur de rien le séduisait beaucoup. Et puis il aimait aussi celle d'appartenir à un groupe.

– Ce sont en effet des vêtements très particuliers, dit le Führer. Tu as entendu parler des Jeunesses hitlériennes, bien sûr?

– Oui, répondit Pierrot. J'en ai rencontré dans le train qui m'amenait à l'Obersalzberg.

– Alors tu sais, commenta Hitler. Notre parti national-socialiste progresse considérablement en faisant avancer la cause de notre pays. Mon destin est de faire accomplir de grandes choses à l'Allemagne tout autour du monde et je te promets qu'elles se réaliseront l'heure venue. Mais il n'est jamais trop tôt pour rejoindre la cause. Je suis toujours impressionné de voir des garçons de ton âge ou un peu plus âgés se ranger à mes côtés pour soutenir notre politique et notre ferme intention de réparer les torts que l'Allemagne a subis par le passé. Je suppose que tu sais de quoi je parle ?

– Un peu, répondit Pierrot. Mon père en parlait souvent.

– Bien, approuva le Führer. C'est pourquoi nous encourageons notre jeunesse à adhérer au parti le plus tôt possible. Cela commence avec les *Deutsches Jungvolk* – la Jeunesse allemande. En vérité, tu es un peu trop jeune, mais je fais une exception pour toi. Quand tu seras plus âgé, tu deviendras un membre des Jeunesses hitlériennes. Il existe aussi une branche féminine, les *Bund Deutscher Mädel* – la Ligue des jeunes filles allemandes. Car il ne faut pas sous-estimer l'importance des femmes qui seront amenées à devenir les mères de nos futurs leaders. Enfile ton uniforme, Pieter. Montre-moi de quoi tu as l'air dedans.

Pierrot cligna des yeux et jeta un bref coup d'œil aux vêtements.

– Maintenant, *mein* Führer ?

– Oui, pourquoi pas ? Va te changer dans ta chambre et reviens lorsque tu seras entièrement habillé.

Pierrot monta dans sa chambre, retira ses chaussures, son pantalon, sa chemise, son pull-over et enfila ses nouveaux habits. Ils lui allaient à la perfection. Il mit les chaussures en dernier et claqua des talons : le bruit était plus impressionnant qu'avec ses chaussures ordinaires. Lorsqu'il se tourna vers le miroir accroché au mur, l'inquiétude qu'il aurait pu aussitôt ressentir ne se manifesta pas. Il n'avait jamais été aussi fier de sa vie. Il repensa à Kurt Kotler et prit conscience du bonheur que ce devait être d'avoir son autorité ; d'être capable de prendre ce dont on avait envie, quand on en avait envie, à qui on avait envie, au lieu de toujours se faire dépouiller.

En entrant dans le bureau du Führer, il avait le visage barré d'un large sourire.

– Merci, *mein* Führer, dit-il.

– De rien, répondit Hitler. Mais n'oublie pas qu'un garçon qui porte cet uniforme doit obéir aux règles et ne rien rechercher d'autre dans la vie que l'avancement de notre parti et de notre pays. C'est pour cela que nous sommes ici, nous tous. Pour rendre à l'Allemagne sa grandeur. Il reste une dernière chose, dit-il en allant fouiller parmi ses papiers sur son bureau jusqu'à ce qu'il retrouve une fiche sur laquelle étaient inscrits quelques mots. Mets-toi là, ordonna-t-il en lui indiquant la longue bannière nazi qui pendait du mur, tissu rouge marqué du cercle blanc habituel avec sa croix biscornue au centre. Prends cette fiche et lis à voix haute ce qui est écrit dessus.

Pierrot se plaça à l'endroit où le Führer le lui avait demandé et lut d'abord en silence avant de lever des yeux inquiets vers Hitler. Il ressentait quelque chose de très curieux : le désir de dire ces mots à voix haute et, en même temps, de ne pas les dire.

– Pieter, insista Hitler.

Pierrot s'éclaircit la voix et se redressa de toute sa hauteur.

– En présence de cette oriflamme de sang qui représente notre Führer, je jure de consacrer toute mon énergie et toute ma force au sauveur de notre pays, Adolf Hitler. Je suis prêt à donner ma vie pour lui, que Dieu me vienne en aide.

Le Führer sourit, hocha la tête et lui reprit la fiche de ses petites mains dont Pierrot espérait qu'il n'ait pas vu le tremblement.

– Très bien, Pieter, dit Hitler. À partir de maintenant, je ne veux plus te voir dans une autre tenue que cet uniforme, tu as compris ? Tu en trouveras trois de rechange dans ton armoire.

Pierrot hocha la tête, fit une fois de plus le salut réglementaire, puis sortit du bureau et s'engagea dans le couloir en se sentant plus sûr de lui, plus mûr, maintenant qu'il portait l'uniforme. *Désormais, je suis un membre des* Deutsches Jungvolk, se dit-il. Et pas n'importe quel membre non plus. Un membre important, combien de garçons pouvaient se targuer d'avoir reçu leur uniforme d'Adolf Hitler lui-même ?

Papa serait fier de moi, songea-t-il.

Au détour du couloir, il aperçut Beatrix et Ernst, le chauffeur, en train de parler à voix basse dans un renfoncement. Il surprit quelques bribes de leur conversation.

– Pas tout à fait encore, disait Ernst. Mais bientôt. Si les choses dégénèrent, je te promets de passer à l'acte.

– Tu sais ce que tu vas faire ? demanda Beatrix.

– Oui, répondit Ernst. J'ai parlé au…

Il s'interrompit aussitôt en voyant Pierrot.

– Pieter, dit-il.

– Regardez ! cria ce dernier en écartant largement les bras. Regardez-moi !

Beatrix resta sans voix, puis finit par ébaucher un sourire forcé.

– Tu es magnifique, dit-elle. Un vrai patriote. Un véritable Allemand.

Le sourire radieux, Pierrot se tourna vers Ernst qui avait la mine sombre.

– Et dire que je pensais que tu étais français, lâcha-t-il.

Puis il porta la main à la visière de sa casquette pour saluer Beatrix, ouvrit la porte de la maison et disparut dans l'après-midi ensoleillé, ombre se fondant dans le paysage vert et blanc.

9

Un cordonnier,
un soldat et un roi

C'est quand Pierrot eut huit ans que le Führer se rapprocha davantage de lui et se mit à porter un intérêt particulier
à ce qu'il lisait. C'est ainsi qu'il l'avait autorisé à se servir
sans restriction dans sa bibliothèque et lui avait recommandé un certain nombre d'auteurs et d'ouvrages parmi
ses préférés. En particulier, la biographie de Frédéric II de
Prusse, dit Frédéric le Grand, rédigée par un certain Thomas
Carlyle, un livre énorme écrit en tout petits caractères dont
Pierrot craignait de ne pas parvenir à dépasser le premier
chapitre.

– Un grand guerrier, expliqua Hitler en tambourinant du
bout de l'index sur la couverture. Un visionnaire à l'échelle
mondiale et un mécène. Le parcours idéal : se battre pour
atteindre ses objectifs, purifier le monde, puis lui rendre sa
beauté originelle.

Pierrot lut même le livre du Führer, *Mein Kampf*, qui lui parut plus facile que celui de Thomas Carlyle, même s'il était tout aussi déconcertant. Il apprécia surtout les chapitres qui traitaient de la Grande Guerre parce que, bien sûr, c'était celle au cours de laquelle son père, Wilhelm, avait tant souffert. Un après-midi qu'il promenait Blondi aux côtés d'Hitler dans la forêt qui cernait la montagne, il avait demandé au Führer s'il acceptait de lui parler de son expérience de soldat.

– Au début de la guerre, j'étais estafette sur le front de l'Ouest, lui confia-t-il. Je transmettais les messages entre les bataillons stationnés aux frontières française et belge. Puis j'ai combattu dans les tranchées à Ypres, dans la Somme, et à Passchendaele. Vers la fin de la guerre, j'ai failli perdre la vue dans une attaque au gaz moutarde. Par la suite, j'ai souvent pensé qu'il aurait mieux valu que je sois aveugle plutôt que d'être le témoin des affronts que le peuple allemand a subis après la capitulation.

– Mon père a combattu dans la Somme, dit Pierrot. Ma mère disait toujours que, même s'il n'était pas mort à la guerre, c'était la guerre qui l'avait tué.

Le Führer écarta cette remarque d'un geste dédaigneux.

– Ta mère était une femme ignorante. Tout le monde devrait être fier de mourir pour la plus grande gloire de la patrie. La mémoire de ton père est de celles qu'il convient d'honorer, Pieter.

– Mais il est rentré du front très malade, reprit-il. Et il a fait des choses terribles.

– Quelles choses ?

Pierrot n'aimait pas se remémorer ce que son père avait fait et, quand il se mit à raconter les pires épisodes de sa vie, il le fit à voix basse en regardant ses pieds. Le Führer l'écouta avec une expression neutre et, lorsque le garçon eut fini, il se contenta de secouer la tête comme si rien de tout cela n'avait d'importance.

– Nous allons reprendre ce qui est à nous, dit-il. Notre terre, notre dignité et notre destinée. La lutte du peuple allemand et sa victoire finale sont le socle sur lequel se bâtira notre génération.

Pierrot approuva. Il avait cessé de penser qu'il était français et, ayant enfin grandi et reçu depuis peu deux nouveaux uniformes des *Deutsches Jungvolk* à sa taille, il s'était peu à peu pris pour un Allemand. Après tout, comme le Führer le disait, un jour toute l'Europe appartiendrait de toute façon à l'Allemagne, si bien que les identités nationales ne compteraient plus.

– Nous ne serons qu'un, lui prédit le Führer, rassemblés sous le même drapeau – et il lui avait indiqué le brassard au svastika qu'il portait au bras. Ce drapeau !

Avant de rentrer à Berlin après ce fameux séjour, le Führer prêta un autre livre de sa bibliothèque personnelle à Pierrot, qui lut le titre à haute voix :

– *Le Juif international – le principal problème du monde*, déchiffra-t-il soigneusement. De Henry Ford.

– Un Américain, bien sûr, expliqua Hitler. Mais il comprend

la nature du Juif, sa cupidité, la façon qu'il a de ne s'intéresser qu'à l'accumulation de richesses personnelles. À mon avis, M. Ford ferait mieux d'arrêter de fabriquer des voitures et de se présenter à la présidentielle. C'est un homme avec qui l'Allemagne pourrait travailler. Avec qui je pourrais travailler.

Pierrot prit le livre en s'efforçant de ne pas penser au fait qu'Anshel était juif mais ne présentait aucune des caractéristiques décrites par le Führer. Pour l'instant, il le glissa dans le tiroir de sa table de nuit et reprit la lecture d'*Émile et les détectives* qui lui rappelait toujours son ancienne vie.

Quelques mois plus tard, alors que l'automne recouvrait de givre les montagnes et les collines de l'Obersalzberg, Ernst partit chercher Fräulein Braun à la gare de Salzbourg. Elle venait en éclaireur préparer l'arrivée d'invités de marque. À cet effet, elle remit la liste de leurs plats favoris à Emma qui n'en crut pas ses yeux.

– Que des choses ordinaires, n'est-ce pas ? fit-elle remarquer d'un ton ironique.

– Ils sont habitués à un certain standing, répondit Eva qui était déjà dans tous ses états en raison des dispositions à prendre – elle arpentait la maison en claquant des doigts à l'intention des uns et des autres pour les inciter à travailler plus vite. Le Führer insiste pour qu'ils soient traités comme des… des membres de la famille royale, ajouta-t-elle.

– Je croyais que notre intérêt pour la royauté avait pris fin avec le Kaiser Guillaume, marmonna Emma avant de s'asseoir pour établir la liste des ingrédients qu'elle devait commander dans les fermes des environs de Berchtesgaden.

– Je suis content d'être en classe aujourd'hui, avoua Pierrot à Katarina entre deux cours. Tout le monde est débordé à la maison. Herta et Ange…

– Qui est Ange ? demanda Katarina que Pierrot informait quotidiennement des événements qui se déroulaient au Berghof.

– La nouvelle bonne, expliqua Pierrot.

– Encore une autre ? demanda-t-elle. Il lui en faut combien ?

Pierrot se rembrunit. Il aimait beaucoup sa camarade mais n'appréciait pas qu'elle se moque du Führer.

– Elle remplace Wilhelmina que Fräulein Braun a renvoyée.

– Alors après qui court le Führer au Berghof ces temps-ci ?

– La maison était sens dessus dessous ce matin, poursuivit-il sans tenir compte du persiflage de Katarina – il regrettait de lui avoir raconté l'histoire de la nièce d'Hitler et de la théorie d'Emma selon laquelle Wilhelmina lui rappelait la malheureuse Geli. Tous les livres sont retirés des rayonnages pour être épousetés, tous les luminaires sont dévissés pour être briqués, tous les draps, lavés, séchés et repassés jusqu'à ce qu'ils aient l'air neufs.

– Quel cirque pour des gens idiots ! fit remarquer Katarina.

Le Führer arriva un jour avant les invités et entreprit une inspection méthodique de la résidence, félicitant tout le personnel pour son travail, au grand soulagement d'Eva.

Le lendemain matin, Beatrix convoqua Pierrot dans sa chambre pour vérifier si son uniforme des *Deutsches Jungvolk* correspondait bien aux critères de Monsieur.

– Parfait, jugea-t-elle en l'examinant de la tête aux pieds d'un air satisfait. Comme tu grandis, je craignais qu'il soit à nouveau trop court.

Quelqu'un frappa à la porte et Ange passa la tête dans l'entrebâillement.

– Excusez-moi, mademoiselle, dit-elle, mais…

Pierrot se retourna et fit claquer ses doigts sèchement comme il avait vu Eva le faire et lui indiqua le couloir.

– Dehors ! dit-il. Ma tante et moi avons une conversation.

Ange ouvrit la bouche de surprise, le fixa quelques secondes, puis recula dans le couloir et referma doucement la porte derrière elle.

– Inutile de lui parler sur ce ton, Pieter, dit tante Beatrix, tout aussi sidérée par la réaction de Pierrot.

– Pourquoi ? demanda-t-il.

Il était lui-même un peu surpris de s'être comporté de façon aussi autoritaire, mais il appréciait le sentiment d'importance que cela lui donnait.

– On est en train de parler. Elle nous a interrompus, expliqua-t-il.

– Mais c'est grossier.

Pierrot fit un geste de dénégation.

– Ce n'est qu'une bonne et je suis membre des *Deutsches Jungvolk*. Regarde mon uniforme, tante Beatrix ! Ange est tenue de me montrer autant de respect qu'à un soldat ou à un officier.

Beatrix se leva et marcha jusqu'à la fenêtre, le regard perdu en direction des nuages blancs qui filaient au-dessus des sommets. Elle posa les mains sur le rebord comme pour garder l'équilibre au cas où ses émotions la submergeraient.

– Tu devrais peut-être passer moins de temps avec le Führer à partir de maintenant, finit-elle par dire en se retournant pour regarder son neveu.

– Mais pourquoi ça ?

– C'est un homme très occupé.

– Un homme très occupé qui voit un grand potentiel en moi, dit fièrement Pierrot. De plus, on parle de choses intéressantes. Et il m'écoute.

– Je t'écoute, Pieter, dit Beatrix.

– C'est différent.

– Pourquoi ?

– Tu n'es qu'une femme. Utile au Reich, bien sûr, mais il est préférable de laisser la conduite de l'Allemagne à des hommes tels que le Führer et moi.

Beatrix laissa voir un sourire amer.

– Tu as trouvé ça tout seul ?

– Non, répondit Pierrot d'une voix hésitante.

Ses paroles ne lui semblaient plus aussi pertinentes

maintenant qu'il les avait prononcées à voix haute. Après tout, maman était une femme, or elle avait toujours su ce qui était le mieux pour lui.

– C'est le Führer qui me l'a dit, ajouta-t-il.

– Et tu es un homme à présent ? demanda-t-elle. À seulement huit ans ?

– J'aurai neuf ans d'ici quelques semaines, répondit-il en se redressant de toute sa hauteur. Et tu as dit toi-même que je grandissais chaque jour davantage.

Beatrix s'assit sur le lit et l'invita à la rejoindre.

– De quel genre de choses te parle le Führer ? demanda-t-elle.

– C'est assez compliqué, répondit-il. Essentiellement d'histoire et de politique. Le Führer dit que le cerveau de la femme…

– Donne-moi une chance. Je ferai de mon mieux pour suivre.

– Il me raconte que nous avons été volés, reprit-il.

– Nous ? Qui est ce « nous » ? Toi et moi ? Toi et lui ?

– Nous tous, les Allemands.

– Bien sûr, tu es allemand maintenant. J'avais oublié.

– J'ai le même sang que mon père, répliqua Pierrot sur la défensive.

– Et que nous a-t-on volé exactement ?

– Notre terre. Notre fierté. Les Juifs nous les ont volées. Ils contrôlent le monde, tu comprends ? Après la Grande Guerre…

– Mais Pieter, rappelle-toi que nous avons perdu la Grande Guerre.

– S'il te plaît, tante Beatrix, ne m'interromps pas quand je parle, soupira Pierrot. C'est un manque de respect de ta part. Bien sûr que je n'oublie pas que nous avons perdu, mais à ton tour, reconnais que, par la suite, nous avons subi des affronts destinés à nous humilier. Les Alliés ne pouvaient se contenter de la victoire, ils voulaient mettre le peuple allemand à genoux pour le punir. Notre pays était rempli de lâches qui ont cédé trop facilement à l'ennemi. Nous ne ferons pas la même erreur.

– Et ton père, demanda Beatrix en le regardant droit dans les yeux, faisait-il partie de ces lâches ?

– Ce fut le pire de tous, car il a laissé la faiblesse triompher de son esprit. Mais je ne suis pas comme lui. Je suis fort. Je redonnerai fierté au nom des Fischer.

Il s'arrêta de parler et regarda sa tante.

– Qu'est-ce qui se passe ? demanda-t-il. Pourquoi tu pleures ?

– Je ne pleure pas.

– Mais si.

– Je suis sans doute fatiguée, Pieter, dit-elle en détournant les yeux. Les préparatifs pour l'arrivée de nos invités se sont révélés éprouvants. Et parfois, je me dis…

Elle hésita comme si elle redoutait de finir sa phrase.

– Tu te dis quoi ?

– Que j'ai fait une terrible erreur en t'amenant ici. Je

pensais prendre la bonne décision. Je pensais te protéger en t'ayant auprès de moi. Mais avec chaque jour qui passe…

Quelqu'un frappa à nouveau à la porte et, quand celle-ci s'ouvrit, Pierrot se retourna avec colère, mais il ne claqua pas des doigts, car c'était Fräulein Braun qui entrait. Il se leva d'un bond et se mit au garde-à-vous quand tante Beatrix restait exactement à la même place.

– Ils sont là, annonça Fräulein Braun, tout essoufflée.

– Comment je dois les appeler ? chuchota Pierrot, au comble de l'appréhension et de l'excitation, en prenant place à côté de sa tante parmi le comité d'accueil.

– Votre Altesse Royale, répondit-elle. À tous les deux, au duc et à la duchesse. Mais ne dis rien du tout sauf s'ils s'adressent à toi en premier.

Quelques instants plus tard, la voiture tournait le coin de l'allée et, au même moment, le Führer surgissait derrière Pierrot. Le personnel se tint rigoureusement au garde-à-vous, regardant droit devant lui. Ernst arrêta la voiture, coupa le moteur, puis se précipita pour ouvrir la portière arrière. Un petit homme dans un costume apparemment trop juste pour lui sortit de la voiture en serrant son chapeau dans sa main. Il regarda autour de lui d'un air à la fois perturbé et, semblait-il, déçu de ne pas être accueilli en fanfare.

– On est habitué à un orchestre, marmonna-t-il – plus pour lui que pour quelqu'un en particulier – avant d'exécuter à la perfection le salut nazi, son bras lancé fièrement en l'air, comme s'il avait attendu ce moment avec impatience.

– Herr Hitler, dit-il d'une voix raffinée en passant aisément de l'anglais à l'allemand. Ravi de vous rencontrer enfin.

– Votre Altesse Royale, répondit le Führer, votre allemand est parfait.

– Il se trouve que…, marmonna-t-il en tripotant le ruban de son chapeau. Sa famille, vous savez…

Il laissa mourir sa phrase, ne sachant pas comment la terminer.

– David, allez-vous ou non me présenter ? demanda une femme qui était descendue de voiture derrière lui.

Elle était habillée tout en noir comme pour un enterrement. Son accent américain ressortit avec force lorsqu'elle reprit la conversation en anglais.

– Oui, bien sûr. Herr Hitler, permettez-moi de vous présenter Son Altesse Royale, la duchesse de Windsor.

La duchesse se déclara charmée, tout comme le Führer qui lui fit également compliment de son allemand.

– Je ne parle pas aussi bien que le duc, dit-elle en souriant. Mais je me débrouille.

Eva s'avança pour être présentée et garda le buste rigoureusement droit pour l'échange de poignées de main, cherchant manifestement à ne surtout pas faire un geste qui ressemble de près ou de loin à une révérence. Les deux couples échangèrent des banalités pendant quelques instants, ils parlèrent du temps, de la vue depuis le Berghof et de la route pour y arriver.

– On a bien cru verser dans le précipice une fois ou deux, fit remarquer le duc. On n'aimerait pas avoir le vertige, n'est-ce pas ?

– Ernst n'aurait jamais permis qu'il vous arrive malheur, répondit le Führer avec un regard pour le chauffeur. Il sait l'importance que vous avez pour nous.

– Hum ? demanda le duc en levant les yeux comme s'il venait de se rendre compte qu'il était en pleine conversation. Qu'avez-vous dit ?

– Entrons, proposa le Führer. Je suppose qu'à cette heure-ci vous apprécierez une tasse de thé, je me trompe ?

– Plutôt un petit whisky, si vous aviez, répondit le duc. L'altitude, vous comprenez. On en souffre. Wallis vous venez ?

– Oui, David. J'admirais la maison. N'est-elle pas magnifique ?

– Ma sœur et moi l'avons trouvée en 1928, expliqua Hitler. Nous y venions en vacances et je l'aimais beaucoup, alors, dès que j'en ai eu les moyens, je l'ai achetée. J'y viens aussi souvent que possible.

– Il est important pour des hommes dans notre situation d'avoir un endroit à soi, dit le duc en tirant sur ses manchettes. Un endroit où le monde vous laisse en paix.

– Des hommes dans notre situation ? interrogea le Führer en haussant les sourcils.

– Des hommes de premier plan, reprit le duc. J'avais un

tel endroit en Angleterre, vous voyez. Quand j'étais prince de Galles. Fort Belvedere. Une merveilleuse destination. Nous avons donné des fêtes mémorables à l'époque, n'est-ce pas, Wallis? J'ai essayé de m'enfermer à l'intérieur et de jeter la clé, mais le Premier Ministre finissait toujours par entrer.

– Peut-être trouverons-nous le moyen de vous faire retrouver vos prérogatives, dit le Führer avec un large sourire. Entrons boire ce verre.

– Mais qui est ce petit bonhomme? demanda la duchesse en passant devant Pierrot. Quelle tenue ravissante, n'est-ce pas, David? On dirait un nazi miniature. Oh, j'aimerais tellement le rapporter à la maison et le mettre sur la cheminée, il est si mignon. Comment t'appelles-tu, trésor?

– Pieter, Votre Altesse Royale, répondit Pierrot.

– C'est le neveu de notre gouvernante, expliqua Hitler. Le pauvre enfant est orphelin et j'ai donné mon accord pour qu'il vienne vivre ici.

– Tu vois, David? s'écria Wallis en se tournant vers son mari. C'est ce que j'appelle de l'authentique charité chrétienne. C'est ce que les gens ne comprennent pas à votre sujet, Adolf. Je peux vous appeler Adolf, n'est-ce pas? Et appelez-moi Wallis. Ils ne voient pas que, sous cet uniforme et ce tralala militaire, battent le cœur et l'âme d'un véritable gentleman. Quant à vous, Ernie, dit-elle en agitant un doigt ganté en direction du chauffeur, j'espère que vous aurez compris maintenant que…

– *Mein* Führer, la coupa Beatrix d'une voix de stentor en

s'interposant rapidement, souhaitez-vous que je prépare les boissons pour vos invités ?

Hitler la considéra avec surprise, mais amusé par la tirade de la duchesse, se contenta de hocher la tête.

– Bien sûr, dit-il. Mais à l'intérieur, il commence à faire froid dehors.

– Oui, il était question d'un whisky, n'est-ce pas ? dit le duc en pénétrant dans la maison.

Tandis que les invités et le personnel entraient à sa suite, Pierrot se tourna vers Ernst et fut surpris de le trouver appuyé contre la voiture, le visage blême, plus pâle qu'il ne l'avait jamais vu.

– Vous êtes tout blanc, fit remarquer Pierrot avant d'imiter l'accent du duc. L'altitude, vous comprenez. On en souffre, n'est-ce pas, Ernst ?

Plus tard dans la soirée, Emma tendit un plateau de petits gâteaux à Pierrot en le priant de l'apporter dans le bureau du Führer où ce dernier était en grande conversation avec le duc.

– Ah, Pieter, s'écria Monsieur en le voyant entrer. Tu peux les poser là, ajouta-t-il en indiquant la table entre leurs deux fauteuils.

– Avez-vous besoin d'autre chose, *mein* Führer ? Votre Altesse Royale ? demanda-t-il en attribuant le titre de l'un à l'autre sous le coup de l'émotion, ce qui fit rire les deux hommes.

– Ce serait un choc, n'est-ce pas, dit le duc, si je dirigeais l'Allemagne?

– Ou si je gouvernais l'Angleterre, répondit le Führer.

À ces mots, le sourire du duc faiblit et il se mit à tripoter son alliance, à l'enlever et la remettre d'un geste nerveux.

– Vous employez toujours des garçons pour ce genre de tâches, Herr Hitler? demanda-t-il. Jamais de valet?

– Non, répondit le Führer. M'en faudrait-il un?

– Tout gentleman doit avoir son valet. Ou du moins un laquais qui se tient dans un coin de la pièce prêt à satisfaire vos moindres désirs.

Hitler secoua la tête, comme si le sens du protocole de son invité lui échappait.

– Pieter, dit-il en lui montrant un coin de la pièce. Reste là. Je te nomme laquais honoraire le temps de la visite du duc.

– Oui, *mein* Führer, répondit Pierrot avec fierté, puis il se plaça à côté de la porte et s'efforça de respirer aussi silencieusement que possible.

– Vous avez été merveilleux avec nous, reprit le duc en allumant une cigarette. Partout où nous sommes allés, nous avons été traités avec une largesse d'esprit formidable. Nous sommes absolument ravis. Wallis a raison, ajouta-t-il en se penchant vers Hitler. Je suis persuadé que si les Anglais avaient la possibilité de mieux vous connaître, ils verraient quel type vraiment courtois vous êtes. Nous avons beaucoup de choses en commun, vous savez.

– Vraiment ?

– Nous partageons le même sens de la détermination et la même croyance dans le destin de notre peuple.

Le Führer ne dit rien mais resservit son invité.

– De mon point de vue, expliqua le duc, nos deux pays ont plus à gagner à travailler main dans la main que séparément. Pas d'alliance formelle, bien sûr, mais plutôt une sorte d'entente cordiale comme celle que nous avons avec les Français, même si on ne peut pas leur faire confiance. Personne ne souhaite que cette folie vieille de vingt ans ne se reproduise. Trop de jeunes gens innocents ont perdu la vie dans ce conflit. Des deux côtés.

– Oui, renchérit le Führer à voix basse. J'y ai combattu.

– Moi aussi.

– Ah, bon ?

– Pas dans les tranchées, évidemment. J'étais l'héritier de la couronne. J'avais un rang. J'en ai toujours un, vous savez.

– Mais plus celui que vous aviez à la naissance, corrigea le Führer. Même si cela pourrait changer. Le moment venu.

Le duc jeta des coups d'œil suspicieux dans toute la pièce comme si des espions se cachaient derrière les rideaux. Pas une seule fois son regard ne s'arrêta sur Pierrot ; pour l'intérêt qu'il lui manifestait, le garçon aurait pu être une statue.

– Savez-vous que le gouvernement britannique était opposé à ce que je vienne ici, annonça-t-il sur le ton de la confidence. Et mon frère, Bertie, était de son avis. Cela a provoqué une sacrée pagaille. Baldwin, Churchill, tous ont montré les muscles.

– Mais pourquoi les écoutez-vous ? demanda Hitler. Vous n'êtes plus roi. Vous êtes un homme libre. Vous pouvez faire ce que vous voulez.

– Je ne serai jamais libre, dit le duc d'un ton plaintif. De toute façon se pose le problème des moyens, si vous me suivez. On ne peut tout simplement pas aller chercher du travail.

– Pourquoi pas ?

– Que voudriez-vous que je fasse ? Tenir le rayon homme d'un grand magasin ? Ouvrir une mercerie ? Me proposer comme laquais comme votre jeune ami dans le coin ? demanda-t-il en éclatant de rire, le doigt pointé vers Pierrot.

– Ce sont des métiers honnêtes, fit remarquer le Führer calmement. Mais sans doute inférieurs à votre statut d'ancien roi. Peut-être existe-t-il... d'autres possibilités ? (Le duc ignora la question et le Führer sourit.) Vous est-il arrivé de regretter d'avoir choisi d'abdiquer ?

– Pas une seconde, répondit-il, et même Pierrot entendit le mensonge dans sa voix. Je n'aurais pas pu être roi, vous comprenez. Pas sans l'aide et le soutien de la femme que j'aime. D'ailleurs, c'est ce que j'ai dit dans mon discours d'adieu. Ils ne l'auraient jamais autorisée à devenir reine.

– Pensez-vous que ce soit la seule raison pour laquelle ils se sont débarrassés de vous ? demanda le Führer.

– Pas vous ?

– Je pense qu'ils ont eu peur de vous, répondit-il. Comme ils ont peur de moi. Ils savent que vous êtes convaincu que nos deux pays sont intimement liés. Enfin ! Votre propre grand-mère, la reine Victoria, était la grand-mère de notre dernier Kaiser. Et votre grand-père, le prince Albert, était originaire de Cobourg. Nos deux pays ont des intérêts communs. Nos racines s'entremêlent. Coupez-en une et l'autre souffrira. Laissez-en une fleurir et les deux prospéreront.

Le duc pesa les paroles du Führer avant de répondre :

– Il y a du vrai dans ce que vous dites.

– On vous a volé votre droit du sang ! s'emporta le Führer en haussant le ton sous l'effet de la colère. Comment pouvez-vous le tolérer ?

– C'est à la portée de tout le monde, répondit le duc. Pour moi, c'est terminé.

– Mais qui sait ce que l'avenir nous réserve ?

– Que voulez-vous dire ?

– Dans les années à venir, l'Allemagne va changer. Nous allons redevenir forts, redéfinir notre place dans le monde. Et qui dit que l'Angleterre ne changera pas aussi ? Vous êtes un homme d'intuition, il me semble. Ne pensez-vous pas que la duchesse et vous pourriez faire plus pour votre peuple si vous retrouviez le trône ?

Le duc se mordit la lèvre et fronça les sourcils.

– C'est impossible, lâcha-t-il un instant plus tard. J'ai raté ma chance.

– Tout est possible. Regardez-moi – je suis le leader du peuple allemand unifié, or j'ai commencé à zéro. Mon père était cordonnier.

– Mon père était roi.

– Mon père était soldat, lâcha Pierrot de son coin, les mots sortant de sa bouche avant qu'il puisse les retenir.

Les deux hommes se tournèrent vers lui comme s'ils avaient oublié sa présence. Hitler décocha un regard empreint d'une telle fureur à Pierrot qu'il sentit son estomac se retourner et crut qu'il allait vomir.

– Tout est possible, répéta le Führer après que les deux hommes eurent repris leur position initiale. En admettant que ce soit faisable, reprendriez-vous votre trône ?

Le duc lança des regards inquiets autour de la pièce et se rongea les ongles en les examinant un par un avant de s'essuyer la main sur la jambe de son pantalon.

– Bien sûr, on doit prendre en compte son devoir, répondit-il. Et ce qui est le mieux pour son pays. Si l'on pouvait servir son pays de quelque manière que ce soit, naturellement on… on…on…

Il leva la tête, plein d'espoir, comme un petit chien espérant être pris sous l'aile d'un maître bienveillant. Le Führer sourit.

– Je crois que nous nous comprenons, David, dit-il. Vous permettez que je vous appelle David, n'est-ce pas ?

– C'est que personne ne m'appelle ainsi, vous comprenez. À part Wallis et ma famille. Bien qu'elle ne m'appelle plus rien désormais. Je n'ai aucune nouvelle d'eux. Je téléphone à Bertie quatre ou cinq fois par jour mais il ne décroche jamais.

Le Führer leva les mains.

– Pardonnez-moi, s'excusa-t-il. Je m'en tiendrai au protocole, Votre Altesse Royale. À moins qu'un jour je puisse vous dire Votre Majesté.

Pierrot sortit péniblement d'un rêve avec le sentiment de n'avoir dormi que quelques heures. Les yeux mi-clos, il entendit une respiration dans la pièce sombre. Quelqu'un était penché au-dessus de lui et le regardait dormir. Il ouvrit les yeux en grand et découvrit le visage du Führer, Adolf Hitler. D'effroi, son cœur fit une embardée. Il tenta de se redresser pour faire le salut réglementaire, mais le Führer l'en empêcha, le repoussant durement sur son lit. Il ne l'avait jamais vu avec une telle expression sur le visage. Il était plus effrayant encore qu'au moment où Pierrot avait interrompu sa conversation avec le duc.

– Ton père était un soldat, n'est-ce pas? siffla le Führer. Meilleur que le mien? Meilleur que celui du duc? Tu crois que la mort fait de lui un homme plus courageux que moi?

– Non, *mein* Führer, répondit Pierrot, le souffle coupé, la voix étranglée, la bouche sèche et le cœur battant la chamade.

– Je peux te faire confiance, Pieter, n'est-ce pas? demanda le Führer en se penchant sur lui au point de lui effleurer la lèvre supérieure des poils de sa moustache. Tu ne me donneras jamais de raison de regretter de t'avoir autorisé à vivre ici ?

– Non, *mein* Führer. Jamais, je vous le jure.

– Tu as intérêt, cracha Hitler. Parce que la trahison ne reste jamais impunie.

Il tapota la joue de Pierrot par deux fois, puis sortit de la chambre en refermant la porte derrière lui.

Pierrot souleva les draps et examina son pyjama. Il en aurait pleuré, il avait fait quelque chose qu'il ne faisait plus depuis qu'il était tout petit et ne savait pas comment il pourrait l'expliquer aux autres. Mais il se jura une chose : il ne décevrait plus jamais le Führer.

10

Un joyeux Noël au Berghof

La guerre avait éclaté depuis plus d'un an et la vie au Berghof avait considérablement changé. Le Führer venait moins souvent sur l'Obersalzberg et il passait le plus clair de ses journées enfermé dans son bureau en compagnie de ses généraux, les chefs de la Gestapo, de la Schutzstaffel et de la Wehrmacht. Malgré tout, Hitler prenait toujours le temps de parler avec Pierrot, quand les officiers à la tête des divisions du Reich – Göring, Himmler, Goebbels et Heydrich – ne lui accordaient pas un regard. Pierrot était impatient d'occuper un jour un poste aussi exaltant que le leur.

Il ne dormait plus dans la petite chambre qui lui avait été attribuée à son arrivée. Quand il eut onze ans, Hitler informa Beatrix qu'elle devait céder sa chambre à Pierrot et déménager ses affaires dans celle de son neveu – un choix qui fit grommeler à Emma que Pierrot manquait de reconnaissance à l'égard de sa tante.

– C'est la décision du Führer, décréta-t-il sans même regarder la cuisinière.

Il avait grandi – personne ne pouvait plus l'appeler « le Nain » – et son torse s'était développé grâce à l'exercice auquel il s'astreignait quotidiennement au sommet des montagnes.

– À moins que vous ne remettiez en cause ses décisions, reprit Pierrot. C'est ça, Emma ? Car si c'est le cas, on peut toujours en discuter avec lui ?

– Que se passe-t-il ? demanda Beatrix, ayant senti que l'atmosphère était tendue en entrant dans la cuisine.

– Emma a l'air de penser qu'on n'aurait pas dû échanger nos chambres, expliqua-t-il.

– Je n'ai rien dit de tel, marmonna Emma en lui tournant le dos.

– Menteuse ! lança-t-il.

Il se tourna vers sa tante et, voyant son expression, fut la proie d'un curieux mélange d'émotions. Bien sûr qu'il avait voulu la grande chambre mais il aurait aimé que Beatrix reconnaisse que c'était son droit. Après tout, la chambre était située à proximité de celle du Führer.

– Ça ne te dérange pas ? demanda-t-il.

– Pourquoi ça me dérangerait, répondit-elle en haussant les épaules. On ne fait qu'y dormir. Ça n'a aucune importance.

– Ce n'était pas mon idée, tu sais ?

– Ah, bon ? Il me semblait le contraire.

– Non ! Tout ce que j'ai dit au Führer, c'est que j'aimerais bien avoir une chambre avec un mur assez grand pour y épingler une grande carte d'Europe. Comme le mur de ta chambre. Ainsi, je pourrais suivre la progression de notre armée à travers le continent au fur et à mesure de nos victoires sur l'ennemi.

Beatrix rit mais, aux oreilles de Pierrot, son rire ne ressemblait pas à celui de quelqu'un qui s'amuse.

– On peut reprendre nos chambres, si tu veux, dit-il faiblement en regardant ses pieds.

– C'est parfait, le rassura-t-elle. Le déménagement a été fait. Ce serait une perte de temps pour tout le monde de remettre les choses en place.

– Bien, dit Pierrot en relevant la tête avec un sourire. Je savais que tu serais d'accord. Emma a un avis sur tout, n'est-ce pas ? Si ça ne tenait qu'à moi, les domestiques devraient se taire et faire leur travail.

Un après-midi, Pierrot se rendit dans la bibliothèque du Führer à la recherche d'un livre à lire. Il fit courir son doigt sur la tranche des volumes alignés sur les rayonnages, s'arrêta un instant sur une histoire de l'Allemagne, puis sur une autre des continents, avant d'envisager de choisir une somme relatant tous les crimes commis par les Juifs au cours de l'histoire. Le livre suivant était une thèse dénonçant le traité de Versailles comme une injustice criminelle à l'encontre de la patrie. Il passa *Mein Kampf*, qu'il avait lu trois fois au cours des dix-huit derniers mois et dont il était capable de citer de nombreux passages cruciaux. Au bout de l'étagère, il découvrit un livre coincé entre deux autres et sourit au souvenir de Simone Durand le lui glissant dans les mains à la gare d'Orléans quatre ans plus tôt, quand il était encore jeune et innocent. *Émile et les détectives*. Comment ce livre avait-il pu se retrouver aux côtés d'ouvrages aussi importants ? se demanda-t-il. Il le prit en jetant un coup d'œil en biais à Herta qui nettoyait l'âtre à genoux. Lorsqu'il l'ouvrit, une enveloppe tomba par terre, qu'il s'empressa de ramasser.

– De qui c'est ? demanda la bonne en levant la tête.

– Un vieil ami, répondit-il d'une voix qui trahissait son inquiétude à la vue de l'écriture familière. Un voisin, en fait, corrigea-t-il. Personne d'important.

C'était la dernière lettre d'Anshel que Pierrot avait pris la peine de garder. Il relut néanmoins les premières lignes. Aucune formule de politesse, pas de «Cher Pierrot», seul un dessin de chien, suivi de phrases écrites à la hâte :

Je t'écris à toute vitesse parce qu'il y a un vacarme épouvantable dans la rue et maman dit que l'heure du départ a sonné. Elle a mis nos affaires, les choses les plus importantes, dans des valises qui attendent devant la porte depuis des semaines. Je ne sais pas où on va aller mais d'après maman, on n'est plus en sécurité ici. Ne t'inquiète pas, Pierrot, on emmène d'Artagnan avec nous ! Au fait, comment vas-tu ?

Pourquoi tu n'as pas répondu à mes deux dernières lettres?
Tout a changé ici à Paris. Je regrette que tu ne voies pas

Pierrot ne poursuivit pas plus loin sa lecture, il froissa la lettre dans sa main et jeta la boule de papier dans la cheminée, ce qui eut pour effet de répandre sur Herta les cendres du feu de la veille.

– Pieter! s'écria-t-elle en colère, mais il ne fit même pas attention à elle.

Peut-être aurait-il dû brûler la lettre dans la cheminée de la cuisine qui ronflait depuis le matin, se dit-il. Si le Führer la découvrait, il se mettrait sans doute en colère contre lui et Pierrot ne pouvait imaginer quelque chose de pire que d'encourir sa réprobation. Il se pencha pour ramasser la lettre et tendit le livre à Herta.

– Vous pouvez donner ça à un enfant de Berchtesgaden avec mes compliments, lui ordonna-t-il d'un ton impérieux. Ou le jeter. Ce qui est plus facile.

– Oh, *Émile et les détectives*, dit Herta avec un sourire en voyant la couverture poussiéreuse. Je me rappelle l'avoir lu quand j'étais petite. C'est merveilleux, n'est-ce pas?

– C'est un livre pour les enfants, dit Pierrot en haussant les épaules, bien décidé à ne pas être du même avis qu'elle. Maintenant, reprenez votre travail, ajouta-t-il en s'éloignant. Je veux que tout soit propre avant le retour du Führer.

Quelques jours avant Noël, Pierrot se réveilla au milieu de la nuit pour aller aux toilettes ; il longea le couloir pieds nus, sans faire de bruit et, en revenant, à moitié endormi, il prit la direction de son ancienne chambre, ne se rendant compte de son erreur qu'au moment de tourner la poignée. Il était sur le point de rebrousser chemin quand, à sa grande surprise, il entendit des voix à l'intérieur de la chambre. La curiosité l'emporta, il colla l'oreille contre la porte et écouta.

– Mais j'ai peur, disait tante Beatrix. Pour toi, pour moi, pour nous tous.

– Tu n'as rien à craindre, répondit une deuxième voix que Pierrot reconnut comme étant celle d'Ernst, le chauffeur. Tout est planifié. Rappelle-toi que les gens de notre côté sont plus nombreux que tu ne crois.

– Mais est-ce vraiment le bon endroit ? Berlin ne serait pas préférable ?

– La sécurité autour de lui est trop importante là-bas et il se sent à l'abri dans cette maison. Fais-moi confiance, ma chérie, tout ira bien. Et quand ce sera terminé et que la sagesse l'emportera, nous pourrons prendre un nouveau départ. Nous faisons le bon choix. Tu en es convaincue, n'est-ce pas ?

– Bien sûr, répondit Beatrix avec force. Chaque fois que je regarde Pierrot, je sais ce qui doit être fait. Il n'a déjà plus rien à voir avec le garçon qu'il était en arrivant au Berghof. Tu as remarqué ?

– Bien sûr. Il est en train de devenir l'un d'entre eux. Il leur ressemble un peu plus chaque jour. Il s'est même mis à donner des ordres aux domestiques. Je lui en ai fait la remontrance il y a quelques jours et il m'a répondu d'aller me plaindre directement au Führer ou de me taire.

– Je ne veux pas imaginer le genre d'homme qu'il deviendra si tout cela continue, dit Beatrix. Il faut faire quelque chose. Pas seulement pour lui mais pour tous les Pierrot. Le Führer détruira le pays si on ne l'arrête pas. L'Europe. Il prétend illuminer l'esprit du peuple allemand – mais non, il est l'obscurité au centre du monde.

Puis ils se turent et Pierrot entendit le son caractéristique d'un baiser échangé entre sa tante et le chauffeur. Il était prêt à ouvrir la porte pour les surprendre en flagrant délit, mais se ravisa et retourna dans sa chambre. Il resta allongé dans son lit, les yeux grands ouverts, à regarder le plafond, en se répétant inlassablement leur conversation pour tenter d'en comprendre le sens.

Le lendemain, à l'école, il hésita à s'ouvrir à Katarina de ce qui s'était passé la veille au Berghof. Il la trouva à la récréation du déjeuner en train de lire sous un des grands chênes du parc. Ils n'étaient plus assis l'un à côté de l'autre en classe. Katarina avait demandé à changer de place pour être à côté de Gretchen Baffril, la fille la plus silencieuse de toute l'école, mais elle n'avait jamais fourni à Pierrot la raison pour laquelle elle ne voulait plus être sa voisine de classe.

– Tu ne portes pas ta cravate, dit Pierrot en ramassant celle-ci sur le gazon où Katarina s'en était débarrassée.

Katarina était devenue membre des *Bund Deutscher Mädel* un an plus tôt et ne cessait de se plaindre d'être obligée de porter l'uniforme.

– Tu n'as qu'à la mettre si c'est si important pour toi, répondit-elle sans lever les yeux de son livre.

– Mais j'en ai déjà une, dit Pierrot. Regarde !

Elle leva les yeux et lui prit la cravate des mains.

– Je suppose que si je ne la mets pas, tu vas me dénoncer ? demanda-t-elle.

– Bien sûr que non, s'insurgea-t-il. Pourquoi je ferais une chose pareille ? Tant que tu la remets après le déjeuner pour le début des cours, il n'y a pas de problème.

– Tu es un garçon si juste, Pieter, dit-elle avec un sourire adorable. C'est une des choses que j'apprécie chez toi.

Pierrot lui rendit son sourire – toutefois, à sa grande surprise, elle leva les yeux au ciel et retourna à son livre. Il envisagea de la laisser tranquille, mais une question lui brûlait les lèvres et il ne voyait pas à qui la poser à part Katarina. Il n'avait plus d'amis dans la classe.

– Tu connais ma tante Beatrix ? finit-il par demander en s'asseyant à côté d'elle.

– Oui, bien sûr. Elle vient tout le temps à la boutique de mon père acheter du papier et de l'encre.

– Et Ernst, le chauffeur du Führer ?

– Je ne lui ai jamais parlé, mais je l'ai vu au volant de la voiture dans Berchtesgaden. Pourquoi tu me parles d'eux ?

Pierrot respira bruyamment par le nez.

– Pour rien.

– Comment ça pour rien ? Tu viens de citer leurs noms.

– Tu crois que ce sont de bons Allemands ? demanda-t-il. Non, ma question est idiote. Tout dépend de ce qu'on entend par *bon*.

– Non, répondit Katarina en glissant son marque-page dans son livre avant de se tourner vers lui. Je ne pense pas qu'il y ait plusieurs définitions du mot « bon ». On est bon ou on ne l'est pas.

– Penses-tu alors que ce soient des patriotes ?

– Comment le saurais-je ? fit-elle remarquer en haussant les épaules. Cependant, on peut aussi définir le mot « patriote » de différentes façons. Toi, par exemple, tu pourrais avoir un avis différent du mien.

– Mon avis est le même que celui du Führer, dit Pierrot.

– C'est ce que je voulais dire, reprit Katarina en regardant un groupe d'enfants en train de jouer à la marelle dans un coin du parc.

– Pourquoi tu ne m'aimes plus comme avant ? demanda-t-il après un long silence.

Elle le regarda alors avec une expression qui laissait entendre que sa question la surprenait.

– Qu'est-ce qui te fait penser que je ne t'aime pas, Pieter ?

– Tu ne me parles plus comme avant. Et tu es allée t'asseoir à côté de Gretchen Baffril sans jamais m'expliquer pourquoi.

– Gretchen n'avait personne à côté d'elle après qu'Heinrich

a quitté l'école, expliqua Katarina. Je ne voulais pas qu'elle reste seule.

Pierrot détourna le regard et déglutit avec difficulté, regrettant déjà d'avoir engagé la conversation sur ce terrain.

– Tu te rappelles Heinrich, n'est-ce pas, Pieter, reprit-elle. Un garçon adorable, si gentil. Tu te rappelles notre choc quand il nous a raconté les choses que son père disait sur le Führer ? Tu te rappelles qu'on avait tous juré de n'en parler à personne ?

Pierrot se remit debout et épousseta l'arrière de son pantalon.

– Il commence à faire froid, dit-il. Je ferais mieux de rentrer.

– Tu te rappelles qu'on a appris que son père avait été tiré hors de son lit en pleine nuit et emmené hors de Berchtesgaden ? Qu'on n'avait plus jamais entendu parler de lui ? Que Heinrich, sa mère et sa petite sœur avaient été obligés de déménager à Leipzig, chez sa tante, parce qu'ils n'avaient plus d'argent ?

La cloche retentit et Pierrot jeta un coup d'œil à sa montre.

– Ta cravate, dit-il en indiquant l'objet. Il est l'heure. Tu devrais la remettre.

– Ne t'inquiète pas, je la mettrai, dit-elle tandis qu'il s'éloignait. On ne voudrait pas que cette pauvre Gretchen se retrouve à nouveau seule demain, n'est-ce pas ? N'est-ce pas, Pierrot ? cria-t-elle, mais il secoua la tête, faisant comme si elle ne s'adressait pas à lui.

Du reste, le temps qu'il retourne dans la classe, il avait extrait la conversation de sa mémoire et l'avait rangée dans une case différente de son esprit – une case qui renfermait les souvenirs de maman et d'Anshel, un endroit qu'il ne visitait plus que rarement, désormais.

Le Führer et Eva arrivèrent au Berghof la veille de Noël, alors que Pierrot s'entraînait dehors à marcher avec un fusil. Une fois le couple installé, il fut convoqué au salon.

– Une fête est organisée à Berchtesgaden cet après-midi, lui expliqua Eva. Une fête à l'intention des enfants pour Noël. Le Führer aimerait que tu nous accompagnes.

Son cœur sauta de joie. Il n'était jamais allé nulle part avec le Führer et imaginait trop bien les regards envieux des habitants quand ils le verraient arriver en compagnie de leur leader adoré. C'était un peu comme s'il était le fils d'Hitler.

Il enfila un uniforme propre et ordonna à Ange de faire briller ses chaussures jusqu'à ce qu'elle se voie dedans. Lorsque cette dernière les lui rapporta, Pierrot y jeta à peine un coup d'œil avant de décréter qu'elles n'étaient pas assez propres, et il renvoya Ange les briquer à nouveau.

– Et ne m'oblige pas à te le demander une troisième fois, dit-il tandis que la jeune fille repartait vers les quartiers des domestiques.

En sortant de la maison ce fameux après-midi en compagnie d'Hitler et d'Eva, il se sentit plus fier qu'il ne l'avait jamais été. Tous trois prirent place à l'arrière de la voiture et, tandis qu'ils descendaient de la montagne, Pierrot observa Ernst dans le rétroviseur en s'efforçant de déchiffrer les intentions du chauffeur à l'égard du Führer. Mais, chaque fois qu'Ernst levait les yeux pour vérifier la route derrière lui, il paraissait ne pas se rappeler la présence de Pierrot. *Il pense que je ne suis qu'un enfant*, se dit-il. *Il pense que je ne compte pas.*

À leur arrivée à Berchtesgaden, la foule s'était massée dans les rues, agitant des svastikas et poussant des cris de joie. Malgré le froid, Hitler avait demandé à Ernst de laisser la capote baissée, de façon à ce que les gens puissent le voir, et ceux-ci manifestaient bruyamment leur approbation au passage de la voiture. Hitler les saluait, la mine sévère, tandis qu'Eva agitait la main en souriant. Quand Ernst arrêta la voiture devant la mairie, le maire sortit du bâtiment pour les accueillir, s'inclinant obséquieusement devant le Führer qui lui serra la main, puis faisant le salut, puis s'inclinant à nouveau, ne retrouvant ses esprits qu'au moment où Hitler posait la main sur son épaule. Alors seulement, il s'écarta pour les laisser passer.

– Vous ne venez pas, Ernst? demanda Pierrot, remarquant que le chauffeur restait en retrait.

– Non, je dois rester près de la voiture, répondit-il. Mais vas-y. Je serai là quand vous sortirez.

Pierrot hocha la tête et décida d'attendre que le gros de la foule soit entré. Il aimait l'idée de pénétrer dans la salle en uniforme des *Deutsches Jungvolk* sous les yeux de toute la population pour aller s'asseoir à côté du Führer – mais au moment d'entrer, il aperçut les clefs de voiture d'Ernst par terre, à ses pieds. Le chauffeur avait dû les laisser tomber dans la cohue.

– Ernst! cria-t-il en regardant vers la rue, vers l'emplacement où la voiture devait être garée.

Il poussa un soupir d'agacement, jeta un coup d'œil à la salle et, voyant que les gens continuaient de se presser pour trouver une place, il jugea qu'il avait encore le temps et se rua dans la rue, en s'attendant à tomber sur le chauffeur en train de tapoter ses poches à la recherche de ses clés.

La voiture était bien à l'endroit dit mais, à la surprise de Pierrot, Ernst avait disparu.

Il regarda autour de lui en fronçant les sourcils. Le chauffeur n'avait-il pas affirmé qu'il devait rester près de la voiture? Pierrot commença à rebrousser chemin en jetant des coups d'œil dans les rues adjacentes. Il allait renoncer et retourner à la mairie, quand il aperçut le chauffeur en train de taper à la porte d'une maison un peu plus loin.

– Ernst! cria-t-il, mais sa voix ne portait pas assez loin.

Soudain il vit la porte de cette petite maison anodine s'ouvrir et Ernst disparaître à l'intérieur. Pierrot attendit que la rue soit à nouveau déserte pour s'approcher d'une des fenêtres et mit le nez au carreau.

Le salon, par ailleurs rempli de livres et de disques, était vide mais, par la porte donnant sur une autre pièce, Pierrot aperçut Ernst en compagnie d'un homme qu'il n'avait jamais vu. Ils étaient en grande conversation et il remarqua que l'inconnu ouvrait un placard pour prendre un petit flacon et une seringue. Après quoi il perça le couvercle du flacon à l'aide de l'aiguille, pompa le liquide, puis l'injecta dans un gâteau posé sur une table à côté de lui avant d'ouvrir grand les bras, d'un air de dire : « C'est aussi simple que ça ». Ernst hocha la tête, prit le flacon et la seringue et les glissa dans la poche de son pardessus pendant que l'homme jetait le gâteau à la poubelle. Lorsque le chauffeur prit congé, Pierrot courut se cacher derrière un mur mais pas trop loin, de sorte qu'il puisse entendre les paroles que les deux hommes échangeraient.

– Bonne chance, dit l'inconnu.

– Bonne chance à nous tous, répondit Ernst.

Pierrot reprit le chemin de la mairie, non sans remettre les clés sur le contact de la voiture au passage, et trouva une place sur le devant de la salle pour écouter la fin du discours du Führer. Ce dernier était en train d'annoncer que l'année suivante, 1941, serait une grande année pour l'Allemagne ; que le monde finirait par reconnaître sa détermination, car la victoire était proche. Malgré l'atmosphère de fête, le Führer donnait son allocution en rugissant comme pour sermonner le public qui hurlait de joie en retour, emporté dans une sorte de frénésie par l'enthousiasme débordant de son leader. Le Führer frappa de grands coups sur son pupitre à plusieurs reprises, faisant sursauter Eva qui ferma les yeux. Plus il frappait, plus la foule l'acclamait et tendait le bras en l'air comme un seul homme en criant : «*Sieg Heil! Sieg Heil! Sieg Heil!*» Pierrot n'était pas en reste, il criait aussi fort que les autres, exprimant la même passion profonde, la même foi inébranlable.

Le soir de Noël, le Führer offrit une petite réception au personnel du Berghof pour le remercier de son travail de l'année. Même s'il n'avait pas pour habitude de distribuer des cadeaux personnels, il avait demandé à Pierrot, quelques jours plus tôt, si quelque chose lui ferait plaisir. Mais celui-ci, ne voulant pas faire figure d'enfant parmi les adultes, avait décliné la proposition.

Emma s'était surpassée pour ce menu de fête constitué d'une dinde, d'un canard et d'une oie, fourrés à une merveilleuse farce épicée aux pommes et aux canneberges ; de trois sortes de pommes de terre ; de choucroute et d'un assortiment de plats végétariens pour le Führer. Tout le monde dîna ensemble dans une ambiance joyeuse ; Hitler allait de convive en convive, parlant politique comme toujours et, quoi qu'il dît, chacun opinait du chef en affirmant qu'il avait parfaitement raison. Il leur aurait annoncé que la lune était en fromage, ils auraient répondu : «Mais bien sûr, *mein* Führer. C'est de l'emmenthal. »

Pierrot observait sa tante qui semblait plus nerveuse que d'habitude et ne lâchait pas Ernst des yeux, qui, lui, était d'un calme olympien.

– Buvez un verre, Ernst, claironna le Führer en servant

du vin au chauffeur. Vous n'êtes pas en service ce soir. C'est Noël. Profitez-en.

– Merci, *mein* Führer, répondit-il en prenant le verre qu'il lui tendait, puis tous portèrent un toast à leur leader, qui accepta leurs applaudissements avec un hochement de tête poli et un sourire pour le moins rare.

– Oh, le gâteau ! s'écria Emma lorsque les assiettes furent presque vides. J'ai failli oublier le gâteau !

Elle partit à la cuisine et revint avec un splendide *stollen*, le traditionnel gâteau de Noël allemand – il embaumait les fruits confits, la pâte d'amandes et les épices – qu'elle posa sur la table. Elle s'était efforcée de lui donner la forme du Berghof, le saupoudrant généreusement de sucre glace pour figurer la neige. Cependant, il aurait fallu être un critique vraiment généreux pour la complimenter sur ses talents de sculpteur. Le visage pâle, Beatrix regarda le gâteau, puis Ernst, qui évitait résolument de tourner les yeux vers elle. Pierrot vit avec appréhension Emma sortir un couteau de la poche de son tablier et commencer à couper le *stollen*.

– Il a l'air merveilleux, Emma, dit Eva, radieuse.

– La première part pour le Führer, lança Beatrix d'une voix aiguë où perçait un léger tremblement.

– Mais oui, bien sûr, renchérit Ernst. Il faut nous dire s'il est aussi bon qu'il en a l'air.

– Je regrette mais je crains de ne rien pouvoir avaler de plus, répondit le Führer en se tapotant le ventre. Je suis près d'exploser.

– Oh, mais il le faut, *mein* Führer ! s'écria aussitôt Ernst. Pardon, s'empressa-t-il d'ajouter, remarquant l'air surpris de l'assemblée devant son enthousiasme. Je voulais simplement dire que vous devez vous faire plaisir. Vous avez tant fait pour nous cette année. Une part, s'il vous plaît. Pour célébrer Noël. Ensuite, nous pourrons tous y goûter.

Emma découpa une grosse part qu'elle déposa sur une assiette avec une petite fourchette et tendit le tout au Führer. Hitler regarda le gâteau, puis il rit et accepta.

– Vous avez raison, bien sûr, dit-il. Noël sans *stollen* ne serait pas Noël.

Il détacha un bout de gâteau de la tranche de la petite fourchette et porta celle-ci à sa bouche.

– Attendez ! cria Pierrot en bondissant vers lui. Arrêtez !

Toutes les têtes se tournèrent vers lui, interloquées, en le voyant se précipiter aux côtés du Führer.

– Que se passe-t-il, Pieter ? demanda ce dernier. Tu veux la première tranche ? Je te croyais mieux éduqué que cela.

– Reposez ce gâteau, dit Pierrot.

Un silence de plomb s'abattit sur la pièce.

– Je te demande pardon ? finit par articuler le Führer d'un ton glacial.

– Reposez ce gâteau, *mein* Führer, répéta-t-il. Vous ne devriez pas en manger.

L'assistance resta silencieuse tandis que le regard d'Hitler allait du garçon au gâteau et inversement.

– Et pourquoi cela ? demanda-t-il, déconcerté.

– Je crains qu'il ne soit mauvais, répondit-il d'une voix qui tremblait autant que celle de sa tante quelques instants plus tôt.

Peut-être soupçonnait-il quelque chose à tort. Peut-être était-il en train de se couvrir de ridicule, et le Führer ne lui pardonnerait jamais son intervention.

– Mon *stollen* mauvais ? s'écria Emma en brisant le silence. Je te ferai savoir, mon jeune ami, que je fais ce gâteau depuis plus de vingt ans et que je n'ai jamais reçu aucune plainte.

– Pieter, tu es fatigué, dit Beatrix en s'approchant de Pierrot, et elle le prit par les épaules pour tenter de l'entraîner hors de la pièce.

– Excusez-le, *mein* Führer. C'est toute cette folie de Noël. Vous savez comment sont les enfants.

– Bas les pattes ! hurla Pierrot en se dégageant, et Beatrix recula, horrifiée, une main sur la bouche. Ne t'avise pas de me toucher, tu m'as entendu ? Espèce de traître !

– Pieter, intervint le Führer. Qu'est-ce que tu…

– Vous m'aviez demandé si je voulais quelque chose pour Noël, l'interrompit-il.

– Effectivement. Et alors ?

– J'ai changé d'avis, je veux bien quelque chose. Quelque chose de très simple.

Le Führer parcourut la pièce du regard avec une ébauche de sourire, comme s'il espérait être éclairé rapidement sur ce qui était en train de se passer.

– Entendu, dit-il. Que veux-tu ? Dis-moi.

– Je veux qu'Ernst mange la première part du gâteau, répondit Pierrot.

Personne ne souffla mot. Personne ne fit un geste. Le Führer tapota le bord de son assiette du bout du doigt, puis, lentement, très lentement, il se tourna vers son chauffeur.

– Tu veux qu'Ernst mange la première part de gâteau, répéta-t-il.

– Non, *mein* Führer, implora le chauffeur d'une voix brisée. Je ne peux pas. Ce serait mal. L'honneur de la première part vous revient. Vous avez fait… (la peur lui faisait perdre ses mots) tant de… pour nous tous…

– Mais c'est Noël, répliqua le Führer en avançant vers lui, Herta et Ange s'écartant pour lui laisser le passage. Et les jeunes gens qui se sont bien comportés doivent être récompensés. Or Pieter s'est très, très bien comporté.

Hitler tendit l'assiette à Ernst en le regardant droit dans les yeux.

– Mangez-le, ordonna-t-il. Mangez-le en entier et dites-moi s'il est bon.

Puis il recula et Ernst porta la fourchette à sa bouche mais, après quelques secondes d'hésitation, il jeta soudain l'assiette à la figure d'Hitler avant de prendre ses jambes à son cou. La porcelaine se brisa en mille morceaux en heurtant le sol et Eva poussa un hurlement.

– Ernst ! s'écria Beatrix, mais les soldats en faction étaient déjà partis à sa poursuite et Pierrot les entendit crier dehors tandis qu'ils l'immobilisaient au sol.

Le chauffeur hurlait qu'on le laisse tranquille, qu'on lui fiche la paix sous les yeux abasourdis de Beatrix, d'Emma et des bonnes assistant à la scène.

– Que se passe-t-il ? demanda Eva, perplexe, en regardant autour d'elle. Pourquoi n'a-t-il pas voulu manger le gâteau ?

– Il a essayé de m'empoisonner, répondit le Führer d'un air triste. Quelle déception !

Sur ce, il sortit de la pièce et partit s'enfermer dans son bureau. Un instant plus tard, la porte s'ouvrait et il rugissait le nom de Pierrot.

Cette nuit-là, Pierrot mit longtemps à s'endormir et non parce qu'il attendait le matin de Noël avec impatience. Interrogé pendant plus d'une heure par le Führer, il lui raconta obligeamment tout ce qu'il avait vu et entendu depuis son arrivée au Berghof : les soupçons qu'il avait nourris à l'endroit d'Ernst et son immense déception de voir sa tante trahir la patrie de cette façon. Hitler resta silencieux la plupart du temps, ne lui posant que quelques questions de temps à autre, s'enquérant de savoir si Emma, Herta, Ange ou un des soldats étaient impliqués dans le complot, mais il s'avéra qu'ils étaient tous aussi ignorants des projets d'Ernst et de Beatrix que le Führer lui-même.

– Et toi, Pieter ? demanda-t-il avant de le laisser partir. Comment se fait-il que tu ne m'aies jamais fait part de tes inquiétudes auparavant ?

– Je n'ai compris ce qui se tramait que ce soir, répondit

Pierrot, le visage rouge d'inquiétude à l'idée d'être lui aussi associé à la trahison et renvoyé de l'Obersalzberg. Je n'étais même pas certain qu'Ernst parle de vous. Je ne m'en suis rendu compte qu'au tout dernier moment, quand il a insisté pour que vous mangiez le *stollen*.

Le Führer accepta ses explications puis l'envoya se coucher. Pierrot tourna et vira dans son lit jusqu'à ce que le sommeil finisse par le gagner. Ses rêves étaient parcourus d'images angoissantes de ses parents, du jeu d'échecs dans la pièce en sous-sol du restaurant de M. Abraham, des rues autour de l'avenue Charles-Floquet. Il rêva de d'Artagnan, d'Anshel et des histoires que son ami lui envoyait autrefois. Quand soudain, au moment où ses rêves devenaient encore plus confus, il se réveilla en sursaut et se redressa dans son lit, le visage ruisselant de sueur.

Il s'assit, une main appuyée sur la poitrine, cherchant à reprendre sa respiration, et entendit des voix à l'extérieur, des chaussures écraser le gravier. Il sauta hors de son lit, se précipita à la fenêtre, écarta les rideaux et regarda les jardins qui s'étendaient à l'arrière du Berghof en contrebas. Les soldats avaient garé deux voitures – celle d'Ernst et une autre – l'une en face de l'autre, les phares allumés, éclairant d'une lumière lugubre le milieu de la pelouse. Trois soldats montaient la garde, dos à la maison, et Pierrot en vit deux autres emmener Ernst à l'endroit où les faisceaux lumineux se croisaient, le nimbant d'une lueur fantomatique. Sa chemise était déchirée et il avait été passé à tabac, son œil droit

193

était fermé et du sang coulait sur son visage d'une large blessure à la racine des cheveux. Un hématome sombre s'était formé sur son ventre. Il avait les mains liées derrière le dos et, même si ses jambes menaçaient de fléchir, il se tenait droit, comme un homme.

Un instant plus tard, le Führer en personne, portant pardessus et casquette militaire, apparut à la droite des soldats à qui il se contenta de faire un signe de tête, sans un mot, et ceux-ci levèrent leurs fusils.

– Mort aux nazis ! cria Ernst tandis que les balles sifflaient.

Pierrot s'accrocha, horrifié, au rebord de la fenêtre en voyant le corps du chauffeur s'effondrer ; puis un des soldats qui l'avaient conduit au lieu de l'exécution s'approcha, sortit son revolver de son étui et tira une balle dans la tête de l'homme mort. Hitler fit un deuxième signe de tête et les soldats dégagèrent le corps d'Ernst en le traînant par les pieds.

Pierrot appuya sa main sur sa bouche pour ne pas hurler et se laissa tomber par terre, le dos appuyé contre le mur. Il n'avait jamais assisté à une scène de ce genre, il était à deux doigts de vomir.

C'est toi qui as fait ça, dit une voix dans sa tête. *Tu l'as tué.*

– Mais c'était un traître, lui répondit Pierrot à voix haute. Il a trahi la patrie ! Il a trahi le Führer !

Il demeura dans la même position, s'efforçant de se calmer, sans tenir compte de la transpiration qui gouttait sur le haut de son pyjama, et, quand il se sentit enfin plus fort, il se releva et osa regarder dehors.

Il entendit aussitôt les pas des soldats sur le gravier, puis des hurlements hystériques de femmes. Emma et Herta étaient sorties de la maison et suppliaient le Führer, Herta pratiquement à genoux. Pierrot fronça les sourcils, incapable de comprendre ce qui était en train de se passer. Après tout, Ernst était mort. Il était trop tard pour plaider sa cause.

C'est alors qu'il la vit.

Sa tante Beatrix conduite à l'endroit où Ernst était tombé quelques instants auparavant.

Contrairement au chauffeur, elle n'avait pas les mains liées dans le dos, mais son visage était tout aussi tuméfié et son corsage déchiré au milieu. Elle ne prononça pas une parole, mais se tourna vers Emma et Herta avec un regard reconnaissant. Le Führer rugit au visage des deux femmes et Eva surgit, s'empressant de les ramener, en pleurs, à l'intérieur de la maison.

Pierrot reporta son attention sur sa tante et son sang se figea, car elle avait le visage levé vers la fenêtre de sa chambre, elle le fixait. Leurs regards se croisèrent, Pierrot déglutit, ne sachant que dire ni que faire, mais avant qu'il puisse décider quoi que ce soit, les balles sifflèrent, comme une insulte à la tranquillité des montagnes, et le corps de Beatrix s'effondra. Pierrot ne put la quitter des yeux, incapable de bouger. Une fois de plus, le bruit d'une unique balle déchira la nuit.

Mais tu es sauvé, se dit-il. *Et elle a trahi, comme Ernst. Les traîtres doivent être punis.*

Il ferma les yeux pour ne pas voir les soldats emporter

son corps et, lorsqu'il les rouvrit, il pensait trouver l'endroit déserté – mais un homme restait debout au milieu de la pelouse et le regardait, comme Beatrix quelques instants plus tôt.

Pierrot resta rigoureusement immobile en croisant le regard d'Adolf Hitler. Il savait ce qu'il avait à faire. Il claqua des talons, tendit le bras en l'air, le bout de ses doigts effleurant la vitre, et il exécuta le salut qui faisait désormais partie intégrante de lui.

C'était Pierrot qui était sorti du lit ce matin-là mais c'était Pieter qui s'y couchait à présent pour s'endormir profondément.

Troisième partie

1942-1945

11

Un projet particulier

La réunion avait commencé depuis presque une heure quand les deux hommes arrivèrent enfin. Du bureau, Pieter vit Kempka, le nouveau chauffeur, arrêter la voiture devant la porte d'entrée, et il se précipita dehors pour accueillir les officiers à leur descente de voiture.

– *Heil* Hitler ! s'égosilla-t-il en se mettant au garde-à-vous, et Herr Bischoff, le plus petit et le plus gros des deux, posa sa main sur son cœur sous l'effet de la surprise.

– Il est obligé de crier comme ça ? demanda-t-il au chauffeur qui jeta un regard méprisant à Pieter. C'est qui ?

– Je suis le *Scharführer* Fischer, déclara Pieter en indiquant le galon à son épaule, deux éclairs blancs sur fond noir. Kempka, portez les serviettes à l'intérieur.

– Bien sûr, monsieur, répondit le chauffeur, agissant sans hésitation conformément aux ordres de Pieter.

L'autre homme, un *Obersturmbannführer* d'après son

écusson, qui avait par ailleurs le bras dans le plâtre, s'avança pour examiner l'insigne de Pieter et le regarda droit dans les yeux sans chaleur ni bienveillance. Quelque chose dans son visage n'était pas sans rappeler quelqu'un à Pieter, même s'il ne parvenait pas à le resituer dans un contexte. Il était certain de ne l'avoir jamais vu au Berghof, car il tenait un registre rigoureux des visites de tous les officiers supérieurs et, pourtant, il ne doutait pas que leurs chemins se soient déjà croisés.

– *Scharführer* Fischer, dit lentement l'homme. Tu es membre des Jeunesses hitlériennes?

– Oui, *mein Obersturmbannführer*.

– Quel âge as-tu?

– Treize ans, *mein Obersturmbannführer*. Le Führer m'a nommé un an plus tôt que les autres pour grand service rendu à lui-même et à la patrie.

– Je vois. Mais il ne peut y avoir de chef de section sans section.

– C'est exact, *mein Obersturmbannführer*, répondit Pieter en regardant droit devant lui.

– Alors où est-elle?

– *Mein Obersturmbannführer*?

– Ta section. Combien as-tu de membres des Jeunesses hitlériennes sous tes ordres? Une douzaine? Vingt? Cinquante?

– Aucun membre des Jeunesses hitlériennes n'est présent sur l'Obersalzberg, répondit Pieter.

– Aucun ?

– Non, *mein Obersturmbannführer*, confirma Pieter, embarrassé.

Certes, sa nomination le rendait fier mais il souffrait de la honte permanente de n'avoir jamais participé à aucun entraînement, de ne jamais avoir partagé la vie ou même du temps avec d'autres membres de l'organisation. Et, même si le Führer lui accordait de temps à autre un nouveau titre, une promotion quelconque, il était évident que ceux-ci étaient purement honorifiques.

– Un chef de section sans section, dit l'homme en se tournant vers Herr Bischoff avec un sourire. Je n'ai jamais entendu une chose pareille.

Pieter sentit le fard lui monter aux joues et regretta d'être sorti les accueillir. Ils étaient jaloux de lui, voilà tout, se dit-il. Le jour où il aurait vraiment le pouvoir, il leur ferait payer cet affront.

– Karl ! Ralf ! cria le Führer en sortant de la maison avant de descendre les marches pour aller serrer la main des deux hommes – il était d'une bonne humeur inhabituelle. Enfin, qu'est-ce qui vous a retenus ?

– Toutes mes excuses, *mein* Führer, dit Kempka en faisant claquer sèchement ses talons pour saluer Hitler. Le train de Munich avait du retard.

– Dans ce cas, pourquoi vous excusez-vous ? demanda le Führer, qui n'appréciait manifestement pas autant ce chauffeur que son prédécesseur – cela dit, comme le lui avait fait remarquer Eva un soir, « Kempka n'a jamais essayé de vous tuer ». Ce n'est pas vous qui l'avez mis en retard, n'est-ce pas ? Entrez, messieurs. Heinrich est déjà là. Je vous rejoins dans quelques minutes. Pieter vous guidera jusqu'à mon bureau.

Les officiers suivirent le garçon dans le couloir et, après que Pieter eut ouvert la porte, le *Reichsführer* Himmler, qui attendait dans le bureau, serra la main des deux hommes avec un sourire forcé. Pieter remarqua qu'il se montrait plus amical avec Bischoff qu'avec l'autre, à qui il semblait hostile.

En s'enfonçant dans les profondeurs de la maison après avoir laissé les deux hommes, Pieter aperçut le Führer en train de lire une lettre près d'une fenêtre.

– *Mein* Führer, dit-il en s'avançant vers lui.

– Qu'y a-t-il, Pieter ? Je suis occupé, répondit-il en glissant la lettre dans sa poche.

– J'espère vous avoir prouvé ma valeur, *mein* Führer, commença Pieter en se mettant au garde-à-vous.

– Oui, bien sûr. Pourquoi me poses-tu la question ?

– C'est à propos de ce que m'a fait remarquer l'*Obersturmbannführer*. J'ai un grade mais pas de responsabilités.

– Tu as beaucoup de responsabilités, Pieter. Tu fais partie de la vie sur l'Obersalzberg et, bien sûr, tu as tes études.

– Je pensais pouvoir vous assister dans notre lutte.

– M'assister de quelle manière ?

– J'aimerais me battre. Je suis fort, en bonne santé, je suis…

– Tu as treize ans, l'interrompit le Führer avec une

ébauche de sourire. Pieter, tu n'as que treize ans. L'armée, ce n'est pas pour les enfants.

Pieter sentit le rouge de l'agacement lui monter aux joues.

– Je ne suis pas un enfant, *mein* Führer. Mon père a combattu pour la patrie. J'aimerais me battre aussi. Pour que vous soyez fier de moi et pour redonner ses lettres de noblesse à mon nom qui a été affreusement souillé.

Le Führer respira bruyamment par le nez en s'accordant un instant de réflexion.

– T'es-tu jamais demandé pourquoi je t'avais gardé ici ? finit-il par demander.

Pieter secoua la tête.

– *Mein* Führer ?

– Quand cette femme perfide dont je tairai le nom m'a demandé si tu pouvais venir vivre avec elle au Berghof, j'ai d'abord été sceptique. Je n'avais aucune expérience des enfants. Comme tu le sais, je n'en ai pas moi-même. Je n'étais pas sûr de vouloir un gamin qui court partout dans mes jambes. Mais j'ai toujours été trop sensible, alors j'ai donné mon accord et tu ne m'as jamais fait regretter ma décision, car tu t'es révélé calme et studieux. Après que le crime de cette femme a été découvert, beaucoup m'ont conseillé de te renvoyer ou même de te faire subir le même sort qu'elle.

Pieter ouvrit de grands yeux. Quelqu'un avait suggéré qu'il soit exécuté en raison des méfaits de Beatrix et d'Ernst ? Qui ça ? Un des soldats, peut-être ? Herta ou Ange ? Emma ?

Tous détestaient son autorité au Berghof. Auraient-ils voulu qu'il meure pour cela ?

– Mais j'ai refusé, poursuivit le Führer en claquant des doigts à la vue de Blondi – le chien vint aussitôt fourrer son museau dans la main de son maître. J'ai dit que Pieter était mon ami, qu'il veillait sur mon bien-être, qu'il ne me décevrait jamais. Malgré son hérédité, malgré sa famille abjecte, malgré tout. J'ai dit que je te garderais ici jusqu'à ce que tu sois un homme. Mais tu ne l'es pas encore, petit Pieter.

Au mot « petit », Pieter blêmit, sentant la colère monter en lui.

– Quand tu seras en âge, peut-être pourras-tu faire quelque chose pour nous, poursuivit le Führer. Mais, bien sûr, la guerre sera finie depuis longtemps d'ici là. L'an prochain, la victoire sera nôtre, c'est évident. Entre-temps, tu dois continuer tes études – c'est le plus important. Et, dans quelques années, un poste important au sein du Reich t'attendra. De cela, j'en suis sûr.

Déçu, Pieter hocha la tête, mais il était plus sage de ne pas remettre en cause les paroles du Führer ni d'essayer de lui faire changer d'avis. Il avait vu plus d'une fois à quelle vitesse il s'emportait et passait de l'amabilité à la colère. Pieter fit claquer ses talons, exécuta le salut traditionnel et sortit devant la maison où Kempka fumait une cigarette, adossé à la voiture.

– Redressez-vous ! hurla-t-il. Ne soyez pas avachi.

Le chauffeur se redressa aussitôt. Et cessa d'être avachi.

Seul dans la cuisine, Pieter fouillait les boîtes de biscuits et les placards à la recherche de quelque chose à manger. Ces derniers temps, il avait toujours faim et il avait beau s'empiffrer, il n'était jamais rassasié, ce qui, d'après Herta, était typique des adolescents. En soulevant la cloche du présentoir à pâtisseries, il ne put s'empêcher de sourire devant le magnifique gâteau au chocolat qui l'attendait. Il s'apprêtait à en couper une part quand Emma entra.

– Ne t'avise pas de toucher à ce gâteau, Pieter Fischer, sinon je te mets une fessée avant que tu comprennes ce qui t'arrive.

Il se retourna et la regarda d'un air glacial. Il avait eu tout son soûl d'insultes pour la journée.

– Vous ne croyez pas que je suis un peu grand pour ce genre de menaces ? demanda-t-il.

– Non, répondit Emma en le poussant pour remettre la cloche en verre sur le gâteau. Quand tu es dans ma cuisine, tu respectes mes règles. Je me fiche de l'importance que tu penses avoir. Si tu as faim, il y a un reste de poulet dans le frigo. Tu n'as qu'à te faire un sandwich.

Pieter ouvrit le frigo et regarda à l'intérieur. Effectivement, une assiette de poulet froid, un bol de farce et un autre de mayonnaise étaient posés sur un rayon.

– Parfait, dit-il en tapant dans ses mains avec plaisir. Ça a l'air délicieux. Vous allez me faire un sandwich. Ensuite, je prendrai un dessert, annonça-t-il en s'asseyant à table.

– Je ne suis pas ton esclave, répliqua Emma, les mains sur

les hanches. Si tu veux un sandwich, tu n'as qu'à te le faire. Tu as des bras, non ?

– Vous êtes la cuisinière, dit-il d'une voix rauque. Et je suis un *Scharführer* qui a faim. Vous allez me faire ce sandwich.

Emma ne fit pas un geste mais Pieter sentit qu'elle était indécise. Il suffisait d'insister un peu.

– Maintenant ! rugit-il en abattant son poing sur la table.

Elle se redressa d'un bond, marmonna quelque chose, sortit les ingrédients du frigo, puis elle prit le pain dans la huche et en coupa deux grosses tranches. Quand le sandwich fut prêt, elle le posa devant Pieter qui leva les yeux en souriant.

– Merci, Emma, dit-il calmement. Je vais me régaler.

Elle soutint son regard.

– C'est sûrement un trait de famille, déclara-t-elle. Ta tante Beatrix adorait les sandwichs au poulet. Mais elle se les faisait elle-même.

Pieter serra les mâchoires et sentit la fureur monter en lui. *Je n'ai pas de tante Beatrix*, se dit-il. *C'est un garçon très différent qui en avait une, un certain Pierrot.*

– Au fait, dit-elle en fouillant dans la poche de son tablier. C'est arrivé pour toi.

Elle lui tendit une enveloppe, et Pieter reconnut aussitôt l'écriture familière. Il lui rendit la lettre sans l'avoir ouverte.

– Brûlez-la, ordonna-t-il. Ainsi que toutes celles que vous pourriez recevoir pour moi.

– Elle est de ton vieil ami de Paris, n'est-ce pas ? demanda-t-elle en levant la lettre à la lumière comme pour déchiffrer les mots à travers le papier.

– Je vous ai dit de la brûler, cracha Pieter. Je n'ai pas d'amis à Paris. Et certainement pas ce Juif qui continue de m'écrire pour me raconter que sa vie est devenue un enfer. Il devrait être content que Paris soit tombé aux mains des Allemands. Il a de la chance d'être encore autorisé à y vivre.

– Je me rappelle quand tu es arrivé ici, dit doucement Emma. Tu t'asseyais sur ce tabouret pour me parler du petit Anshel qui s'occupait de ton chien et avec qui tu communiquais par signes que vous étiez les seuls à comprendre. Il était le renard, tu étais le chien et…

Pieter ne la laissa pas terminer sa phrase, il se leva d'un bond et lui arracha la lettre des mains avec une telle violence qu'Emma tomba à la renverse dans un hurlement, même si elle ne s'était pas fait mal.

– C'est quoi, votre problème ? siffla-t-il. Pourquoi faut-il toujours que vous me traitiez avec aussi peu de respect ? Vous ne savez donc pas qui je suis ?

– Non, cria-t-elle, d'une voix brisée par l'émotion. Non, je ne sais pas. Mais je sais qui tu étais.

Pieter serra les poings mais n'eut pas le temps d'ajouter quoi que ce soit, car, au même moment, le Führer entrait dans la pièce.

– Pieter ! dit-il. Viens avec moi, je te prie. J'ai besoin de ton aide.

Puis il jeta un coup d'œil à la cuisinière mais sans manifester la moindre émotion de la voir étalée par terre. Pieter jeta la lettre dans le feu et toisa Emma.

– Je ne veux plus recevoir de lettres comme celle-là, vous avez compris ? S'il en arrive d'autres, jetez-les. Si vous m'en rapportez encore une, je vous le ferai regretter, menaça-t-il, puis il prit le sandwich sur la table et le jeta à la poubelle. Vous m'en ferez un autre plus tard. Je vous ferai savoir quand.

– Comme tu peux le constater, Pieter, dit le Führer lorsque le garçon entra dans le bureau, l'*Obersturmbannführer* ici présent s'est blessé. Il a été attaqué par un voyou dans la rue.

– Il m'a cassé le bras, expliqua calmement l'homme comme si cela n'avait aucune importance. Alors je lui ai brisé la nuque.

Himmler et Herr Bischoff, qui se trouvaient autour de la grande table recouverte de photographies et de plans, levèrent la tête et éclatèrent de rire.

– Bref, pour l'instant, il ne peut pas écrire. Par conséquent, il a besoin d'un secrétaire. Assieds-toi, tiens-toi tranquille et note tout ce que nous dirons. Et pas d'interruption.

– Bien sûr, *mein* Führer, répondit Pieter qui se rappela sa terreur quand, presque cinq ans plus tôt, il avait fait une remarque déplacée alors que le duc de Windsor et Hitler discutaient dans cette même pièce.

Il hésita à s'installer au bureau du Führer mais, les quatre hommes ayant réquisitionné la table, il n'avait d'autre choix. Il finit par s'asseoir et posa les mains à plat sur la surface en bois, envahi par un énorme sentiment de pouvoir tandis que son regard faisait le tour de la pièce, effleurant les drapeaux allemand et nazi déployés de chaque côté du bureau. Il était difficile de ne pas imaginer ce qu'on devait ressentir assis à la place de l'homme au pouvoir.

– Pieter, tu écoutes ? lui lança sèchement le Führer.

Le garçon se redressa aussitôt, disposa un carnet devant lui, dévissa un stylo à plume et commença à retranscrire la conversation.

– Voici le site proposé, annonça Herr Bischoff en pointant du doigt une série de dessins. Comme vous le savez, *mein* Führer, les seize bâtiments d'origine ont été transformés à notre usage, mais, vu le nombre de prisonniers qui nous sont envoyés, nous manquons de place.

– Combien sont-ils à ce jour ? demanda le Führer.

– Plus de dix mille, répondit Himmler. Pour la plupart, des Polonais.

– Ici, poursuivit Herr Bischoff en indiquant une large étendue entourant le camp, c'est ce que j'appelle la « zone d'intérêt ». Environ quarante kilomètres carrés de terrain qui combleraient idéalement nos besoins.

– Les terrains sont occupés ? demanda Hitler en faisant courir son doigt sur la carte.

– Oui, *mein* Führer, répondit Herr Bischoff. Par des

propriétaires ou des fermiers. Je suppose qu'il faudra envisager de leur acheter les terres.

– Elles peuvent être confisquées, proposa l'*Obersturmbannführer* avec un haussement d'épaules indifférent. On peut réquisitionner des terres pour le bien du Reich. Les habitants devront comprendre.

– Mais…

– Poursuivez, Herr Bischoff, dit le Führer. Ralf a raison. Les terres seront confisquées.

– Bien sûr, approuva ce dernier, et Pieter remarqua que son crâne chauve se mouillait de sueur. Voici les plans que j'ai dessinés pour le deuxième camp.

– Quelle taille fera-t-il ?

– Environ cent soixante-douze hectares.

– Tant que cela ? s'étonna le Führer, vraiment impressionné.

– Je me suis rendu sur place, *mein* Führer, intervint Himmler, le visage rayonnant de fierté. Quand j'ai vu ce terrain, j'ai su qu'il ferait l'affaire.

– Mon bon et fidèle Heinrich ! s'exclama Hitler avec un sourire, en posant la main sur l'épaule de l'homme tout en examinant les plans.

Le compliment mit Himmler aux anges.

– J'ai conçu ce camp pour y implanter trois cents bâtiments, poursuivit Herr Bischoff. Ce sera le plus grand de ce type dans toute l'Europe, mais il sera plus pratique pour les soldats…

– Bien sûr, bien sûr, le coupa le Führer. Combien de prisonniers pourra-t-on caser dans trois cents bâtiments ? Cela ne me paraît pas beaucoup.

– Mais, *mein* Führer, répondit Herr Bischoff en ouvrant grand les bras, ils ne sont pas petits. Chaque bâtiment peut accueillir entre six cents et sept cents prisonniers.

Hitler ferma un œil en s'efforçant de calculer.

– Ce qui fera…

– Deux cent mille, dit Pieter de sa place.

Une fois de plus, les mots lui avaient échappé ; cependant cette fois, le Führer ne le regarda pas avec colère mais avec plaisir.

En se tournant à nouveau vers les officiers, Hitler secoua la tête avec étonnement.

– C'est exact ? demanda-t-il.

– Oui, *mein* Führer, répondit Himmler. À peu près.

– Extraordinaire ! Ralf, pensez-vous pouvoir surveiller deux cent mille prisonniers ?

L'*Obersturmbannführer* acquiesça sans une hésitation.

– J'en serai très fier, dit-il.

– C'est parfait, messieurs, dit le Führer en hochant la tête d'un air approbateur. Et maintenant, parlons sécurité.

– Je suggère de diviser le camp en neuf parties, proposa Herr Bischoff. Vous pouvez voir sur mes plans les différentes zones. Ici, par exemple, ce sont les baraquements des femmes. De ce côté-là, ceux des hommes. Chacun sera entouré d'une clôture en fil de fer barbelé…

– Électrifiée, ajouta Himmler.

– Oui, *mein Reichsführer*, bien sûr. Une clôture électrifiée. Il sera impossible de s'évader de cette zone. Mais si l'impossible devait se produire, j'ai prévu d'entourer la totalité du camp d'une deuxième clôture en fil de fer barbelé électrifiée. Tenter de s'évader serait du suicide. Et bien sûr, il y aura des miradors partout. Quiconque tenterait de s'enfuir serait immédiatement abattu par les sentinelles.

– Et là? demanda le Führer en indiquant un point en haut du plan. Qu'est-ce que c'est? Il est écrit «sauna».

– Je suggère de créer à cet emplacement des étuves, répondit Herr Bischoff. De façon à désinfecter les vêtements des prisonniers. Le temps qu'ils arrivent à destination, ils seront couverts de poux et autres parasites. Il n'est pas question que des maladies se propagent dans le camp. Il faut penser à nos braves soldats allemands.

– Je vois, dit Hitler en parcourant le plan des yeux, à la recherche, semblait-il, de quelque chose de particulier.

– Toutes les salles auront l'aspect de douches, expliqua Himmler. Sauf que ce ne sera pas de l'eau qui coulera des pommes.

Pieter releva la tête et fronça les sourcils.

– Excusez-moi, *mein Reichsführer*, dit-il.

– Qu'y a-t-il, Pieter, demanda Hitler en se tournant vers lui avec un soupir.

– Pardonnez-moi, je pense avoir mal entendu, répondit-il.

J'ai cru que le *Reichsführer* disait que ce ne serait pas de l'eau qui coulerait des douches.

Les quatre hommes fixèrent le garçon et, durant quelques secondes, personne ne dit mot.

— Plus d'interruption, s'il te plaît, Pieter, gronda le Führer en revenant au plan.

— Toutes mes excuses, *mein* Führer. Je ne voulais faire aucune erreur de retranscription pour l'*Obersturmbann-führer*.

— Tu n'as pas fait d'erreur. Maintenant, Ralf, vous disiez… La capacité ?

— Pour commencer, elle serait de quinze cents par jour. Mais d'ici un an, nous pourrions doubler ce nombre.

— Très bien. L'important est que le roulement de prisonniers soit constant. La victoire remportée, nous devons nous assurer que le monde dont nous hériterons soit pur pour nos objectifs. Vous avez conçu une merveille, Karl.

L'architecte parut soulagé et inclina la tête.

— Merci, *mein* Führer.

— La dernière question est de savoir quand nous commençons la construction ?

— Avec votre permission, *mein* Führer, nous pouvons entamer les travaux cette semaine, répondit Himmler. Et si Ralf est aussi performant que nous le savons, le camp sera opérationnel en octobre.

— Vous n'avez aucun souci à vous faire à ce sujet, Heinrich, dit l'*Obersturmbannführer* avec un sourire jaune. Si le camp n'est pas prêt à cette date, vous n'aurez qu'à m'y enfermer en guise de punition.

Pieter avait mal à la main à force d'écrire, mais quelque chose dans l'intonation de l'*Obersturmbannführer* réveilla un souvenir et il leva les yeux de son carnet pour observer le commandant du camp. Il savait où il l'avait vu auparavant. Il l'avait croisé six ans plus tôt alors qu'il se hâtait vers le panneau des arrivées et des départs à la gare de Mannheim pour savoir de quel quai partait le train de Munich. L'homme en uniforme vert-de-gris qui l'avait bousculé et lui avait écrasé les doigts sous sa botte alors qu'il était à terre. L'homme qui lui aurait brisé la main si sa femme et ses enfants n'étaient apparus et ne l'avaient entraîné plus loin.

– C'est parfait, commenta le Führer, tout sourire, en se frottant les mains. Une grandiose entreprise, la plus grandiose des entreprises jamais conçues par le peuple allemand. Vous pouvez commencer les travaux du camp immédiatement. Ralf, vous y retournez sur-le-champ pour superviser les opérations.

– Bien sûr, *mein* Führer.

L'*Obersturmbannführer* fit le salut, puis il marcha jusqu'au bureau et se planta devant Pieter.

– Quoi ? demanda celui-ci.

– Tes notes, répliqua l'*Obersturmbannführer*.

Pieter lui tendit le carnet sur lequel il s'était efforcé de transcrire tout ce que les quatre hommes s'étaient dit.

L'*Obersturmbannführer* y jeta un coup d'œil, puis il tourna les talons, salua la compagnie et sortit de la pièce.

– Tu peux disposer aussi, Pieter, dit le Führer. Va jouer dehors si tu veux.

– Je préfère monter dans ma chambre étudier, répondit-il, bouillant de rage qu'on s'adresse à lui comme à un enfant.

En un instant il pouvait passer du statut de confident digne de confiance – autorisé à s'asseoir dans le fauteuil le plus important du pays et à prendre des notes sur le projet particulier du Führer – au statut d'enfant. Il avait beau être jeune, conclut-il, il savait au moins qu'il était inutile de construire des douches sans eau.

12

La réception d'Eva

Katarina avait commencé à travailler à la papeterie de son père juste après son quinzième anniversaire. Nous étions en 1944 et, pour une fois, en lieu et place de son uniforme des Jeunesses hitlériennes dont il était si fier, Pieter avait revêtu une culotte courte de cuir, des chaussures marron, une chemise blanche et une cravate sombre, pour aller voir Katarina. Pieter n'ignorait pas que, pour une raison inexplicable, elle n'aimait pas les uniformes ; or, pour rien au monde, il n'aurait voulu la contrarier.

Il rôda à l'extérieur de la boutique pendant près d'une heure en s'efforçant de rassembler le courage nécessaire pour entrer. Bien sûr, il la voyait tous les jours à l'école, mais c'était différent. Aujourd'hui, il avait une question précise à lui poser – cela dit, la perspective d'aborder le sujet le remplissait d'inquiétude. Il avait envisagé de le faire dans un couloir entre deux cours, mais il aurait encouru le risque d'être interrompu par un de leurs camarades de classe, il avait donc opté pour cette solution qu'il trouvait la meilleure.

En entrant dans la boutique, il vit que Katarina était occupée à garnir un présentoir avec des carnets reliés en cuir, et, lorsqu'elle se retourna, il fut la proie d'un sentiment ambigu de désir et de désarroi mêlés qui le rendait toujours malade. Il aurait tant voulu qu'elle l'aime mais redoutait de ne jamais parvenir à ses fins, car, au moment où elle réalisa qui se tenait devant elle, son sourire s'évanouit et elle retourna à son travail sans un mot.

– Bonjour, Katarina, dit-il.

– Salut, Pieter, répondit-elle sans le regarder.

– Quelle belle journée ! lança-t-il. Berchtesgaden est magnifique en cette saison. Bien sûr, tu es belle toute l'année. (Il se figea et se sentit devenir rouge du cou jusqu'aux joues.) Je voulais dire que la ville était belle toute l'année. C'est un bel endroit. Chaque fois que je viens à Berchtesgaden, je suis toujours frappé par sa… par sa…

– Par sa beauté ? proposa Katarina en disposant le dernier carnet dans le présentoir avant de se tourner vers lui d'un air détaché.

– Oui, renchérit-il, se sentant abattu.

Il s'était préparé consciencieusement à cette conversation et celle-ci commençait très mal.

– Tu voulais quelque chose, Pieter ? demanda-t-elle.

– Il me faudrait des plumes pour stylo à encre et de l'encre, s'il te plaît.

– Lesquelles ? demanda Katarina en passant derrière le comptoir pour ouvrir une des vitrines.

– Les meilleures. Elles sont pour le Führer en personne, Adolf Hitler.

– Bien sûr, dit-elle avec le moins d'enthousiasme possible. Tu vis au Berghof avec le Führer. Tu devrais le mentionner plus souvent de sorte que les gens ne l'oublient pas.

Pieter fronça les sourcils. Il était surpris de l'entendre dire une chose pareille, dans la mesure où il avait le sentiment d'en parler souvent. À vrai dire, il avait même parfois l'impression de trop y faire allusion.

– Bref, ce n'est pas une question de qualité, poursuivit Katarina, mais de taille. Fine, moyenne ou large. Ou, pour les clients aux goûts plus raffinés, l'extrafine. Ou la Falcon ou la Sutab ou la Cors ou…

– Moyenne, s'empressa de répondre Pieter qui détestait qu'on le prenne pour un idiot, concluant néanmoins que ce devait être le meilleur choix.

Katarina souleva le couvercle de la vitrine.

– Combien ? demanda-t-elle.

– Une demi-douzaine.

Elle compta les plumes tandis que Pieter s'appuyait à la vitrine dans l'espoir de paraître décontracté.

– Sois gentil de ne pas poser tes mains sur le verre. Je viens de le nettoyer.

– Bien sûr, toutes mes excuses, dit-il en se redressant. À ce propos, j'ai toujours les mains propres. Après tout, je suis un membre éminent des Jeunesses hitlériennes. Et nous sommes fiers de notre hygiène rigoureuse.

– Non ! s'exclama Katarina en cessant toute activité pour le regarder comme s'il venait de lui révéler quelque chose d'extraordinaire. Tu es membre des Jeunesses hitlériennes ! C'est donc vrai ?

– Oui, répondit-il, déconcerté. Je suis en uniforme tous les jours à l'école.

– Oh, Pieter, soupira-t-elle en secouant la tête.

– Mais tu sais bien que je suis membre des Jeunesses hitlériennes ! s'exclama-t-il, agacé.

– Pieter, dit-elle en ouvrant largement les bras devant la vitrine qui renfermait un assortiment de stylos et de bouteilles d'encre. Tu as parlé d'encre ?

– D'encre ?

– Oui, tu as dit que tu voulais en acheter.

– Oui, bien sûr. Six bouteilles, s'il te plaît.

– Quelle couleur ?

– Quatre noires et deux rouges.

En entendant la clochette de la porte retentir, Pieter se retourna. Un homme entrait en portant trois grands cartons de fournitures dont Katarina signa le reçu en s'adressant au livreur plus aimablement qu'à son camarade de classe.

– Encore des stylos ? demanda-t-il, quand ils furent à nouveau seuls, en s'efforçant de poursuivre la conversation

– parler aux filles était beaucoup plus compliqué qu'il ne l'avait envisagé.

– Et du papier et d'autres choses.

– Tu n'as personne pour t'aider? demanda-t-il en la voyant entasser proprement les cartons dans un coin.

– Nous avons eu quelqu'un, répondit-elle calmement en le regardant droit dans les yeux. Une femme adorable qui s'appelait Ruth. Elle a travaillé ici pendant presque vingt ans. Elle était comme une seconde mère pour moi. Mais elle n'est plus là.

– Ah, bon? s'étonna Pierrot, sentant qu'il tombait dans un piège. Que lui est-il arrivé?

– Qui sait? répondit Katarina. Elle a été emmenée, comme son mari, ses trois enfants, la femme de son fils et leurs deux enfants. Nous n'avons plus jamais eu de leurs nouvelles. Elle aimait les stylos à plume extrafine. À vrai dire, c'était une femme de goût et de culture. Contrairement à certains.

Pieter regarda au-dehors. L'agacement d'être à ce point si peu respecté se mêlait au désir douloureux qu'il ressentait pour elle. Franz, le garçon qui était assis devant lui à l'école, s'était récemment lié d'amitié avec Gretchen Baffril. Le bruit courait dans toute l'école qu'ils s'étaient embrassés la semaine précédente à la récréation du déjeuner. Un autre, Martin Rensing, avait invité Lenya Halle au mariage de sa sœur aînée quelques semaines plus tôt, et une photographie des deux en train de danser, puis de se tenir par la main plus tard dans la soirée avait circulé. Comment étaient-ils arrivés à leurs fins, alors que Katarina rendait les choses si difficiles pour lui ? À ce moment précis, il aperçut un garçon et une fille de leur âge en train de se promener ensemble dans la rue en riant de quelque chose. Le garçon s'accroupit en mimant un singe pour amuser la fille qui rit à gorge déployée. Ils avaient l'air à l'aise l'un avec l'autre. Pieter avait du mal à imaginer l'effet que cela devait faire.

– Des Juifs, je suppose, cracha-t-il de dépit en se retournant vers Katarina. Cette Ruth et sa famille, des Juifs, n'est-ce pas ?

– Oui, répondit-elle.

Tandis qu'elle se penchait en avant, il remarqua que le bouton du haut de son corsage était presque défait. Il aurait pu le regarder toute une éternité, le monde immobile et muet autour de lui, en attendant qu'une brise bienvenue entrouvre davantage le tissu.

– Tu n'as jamais eu envie de voir le Berghof ? lui demanda-t-il un instant plus tard en s'efforçant de faire fi de la grossièreté de Katarina.

Elle ouvrit de grands yeux surpris.

– Quoi ?

– Je te pose la question parce que, ce week-end, s'y tiendra une réception pour l'anniversaire de Fraülein Braun, l'amie intime du Führer. Des gens très importants seront présents. Peut-être aimerais-tu faire une coupure dans ta vie fastidieuse et vivre une expérience à nulle autre pareille ?

Katarina haussa les sourcils et laissa échapper un petit rire.

– Je ne crois pas, répondit-elle.

– Bien sûr, ton père est invité, si c'est ce qui te pose un problème, ajouta-t-il, par respect des convenances.

– Non, confirma-t-elle. Je n'en ai tout simplement pas envie. Mais merci pour l'invitation.

– Ton père est invité où ça ? demanda Herr Holzmann qui surgissait de l'arrière-boutique en s'essuyant les mains à un torchon, laissant une trace d'encre de la forme de l'Italie.

Il s'arrêta en reconnaissant Pieter. Peu de gens à Berchtesgaden ignoraient qui il était.

– Bonjour, dit Herr Holzmann en se redressant de toute sa hauteur et en bombant le torse.

– *Heil* Hitler ! rugit Pieter en faisant claquer ses talons pour exécuter le salut réglementaire.

Katarina sursauta et posa la main sur son cœur. Herr Holzmann tenta d'imiter le salut de Pieter mais le résultat ne fut pas à la hauteur.

– Voici les plumes et l'encre, dit Katarina en lui tendant son paquet pendant qu'il cherchait sa monnaie. Au revoir.

– Ton père est invité où ça ? répéta Herr Holzmann qui avait rejoint sa fille.

– L'*Oberscharführer* Fischer, soupira Katarina, m'a invitée – ou plutôt nous a invités – à une réception au Berghof samedi. Pour un anniversaire.

– L'anniversaire du Führer ? demanda son père avec des yeux écarquillés de surprise.

– Non, expliqua Pieter. Celui de son amie, Fräulein Braun.

– Mais nous serions très honorés, s'écria Herr Holzmann.

– Évidemment que tu le serais, répliqua Katarina. Tu n'as plus d'opinion personnelle, n'est-ce pas ?

– Katarina ! dit-il en lui jetant un regard noir, puis il se tourna vers Pieter. Je vous prie de pardonner ma fille, *Oberscharführer*. Elle parle avant de penser.

– Au moins, je pense, rétorqua-t-elle. Pas comme toi. Quand as-tu eu un avis quelconque qui ne t'ait pas été dicté par le…

– Katarina ! rugit-il, le visage cramoisi. Tu te comportes avec respect ou tu vas dans ta chambre. Je vous prie de l'excuser, *Oberscharführer*, ma fille traverse un âge difficile.

– Il a le même âge que moi, marmonna-t-elle, et Pieter fut surpris de constater qu'elle tremblait.

– Nous serions ravis de venir, dit Herr Holzmann en s'inclinant avec reconnaissance.

– Père, nous ne pouvons pas. Pense au magasin, aux clients. Et puis tu connais mes opinions sur…

– Ne t'inquiète pas pour le magasin, l'interrompit-il en élevant la voix. Ni pour les clients ni pour autre chose. Katarina, c'est un grand honneur que nous accorde l'*Oberscharführer*. (Puis se tournant vers Pieter.) À quelle heure convient-il de se présenter ?

– N'importe quand après seize heures, répondit-il, un peu déçu que Herr Holzmann soit de la partie.

Il aurait préféré que Katarina vienne seule.

– Nous y serons. Et tenez, je vous en prie, reprenez votre argent. Ces articles sont un cadeau pour le Führer.

– Merci, dit Pieter en souriant. À samedi. J'ai hâte de vous voir au Berghof. Au revoir, Katarina.

En sortant du magasin, il poussa un soupir de soulagement, l'entrevue était enfin terminée, et il mit l'argent que lui avait rendu Herr Holzmann dans sa poche. Après tout, personne n'avait besoin de savoir qu'il avait obtenu les fournitures de papeterie gratuitement.

Le jour de la réception, nombre de membres éminents du Reich se pressaient au Berghof; la plupart semblaient plus désireux d'éviter le Führer que de fêter l'anniversaire d'Eva. Hitler avait passé le plus clair de la matinée enfermé dans son bureau avec le *Reichsführer* Himmler et le ministre de la Propagande, Joseph Goebbels. Et, à entendre les éclats de voix qui filtraient derrière la porte, Pieter pouvait certifier que le Führer n'était pas aux anges. Il avait lu lui-même dans le journal que la guerre ne se déroulait pas au mieux; que l'Italie avait changé de bord; que le *Scharnhorst*, l'un des plus gros croiseurs de la Kriegsmarine, avait été coulé aux environs du cap Nord et que les Britanniques n'avaient cessé de bombarder Berlin au cours des dernières semaines. Maintenant que le coup d'envoi de la réception était donné, les officiers semblaient soulagés d'être sortis du bureau et de bavarder entre amis plutôt que de se défendre devant un Führer déchaîné.

Himmler observait les invités à travers ses petites lunettes rondes en grignotant de menues bouchées de chaque plat comme un rat. Il surveillait tout le monde, en particulier ceux qui parlaient au Führer, comme s'il était convaincu que chaque conversation portait sur lui. Goebbels était installé dans une chaise longue sur la véranda, des lunettes noires sur le nez, le visage tourné vers le soleil. Pieter trouvait qu'il ressemblait à un squelette avec la peau sur les os. Herr Speer, qui s'était rendu au Berghof à plusieurs reprises avec des plans d'un Berlin d'après-guerre repensé, aurait, semble-t-il, préféré être n'importe où plutôt qu'au Berghof. L'atmosphère était tendue et, chaque fois que Pieter regardait en direction d'Hitler, il voyait un homme tremblant sur le point d'exploser.

Le garçon n'en gardait pas moins un œil vigilant sur la route qui coupait la montagne, attendant que Katarina se montre comme elle l'avait promis, mais seize heures avaient sonné et elle n'était toujours pas là. Il avait revêtu un uniforme propre et s'était aspergé de l'après-rasage qu'il avait volé dans la chambre de Kempka, dans l'espoir d'impressionner Katarina.

Eva allait de groupe en groupe d'un air inquiet, acceptait félicitations et cadeaux, ignorant Pieter comme toujours. Pieter qui lui avait offert *La Montagne magique*, acheté avec ses maigres économies.

– Quelle gentille attention ! avait-elle dit en posant le livre sur une table avant de passer à autre chose.

Il était certain qu'à un moment ou à un autre Herta prendrait le livre et le rangerait dans la bibliothèque sans que personne l'ait jamais lu.

En plus de surveiller la route et d'observer les invités, ce qui intéressait Pieter au plus haut point était cette femme qui circulait au milieu des invités, armée d'une caméra qu'elle pointait sur eux en leur demandant de dire quelques mots. Eux qui étaient si bavards, devenaient gauches à son approche, comme s'ils ne voulaient pas être filmés, certains même se détournaient ou se couvraient le visage avec les mains. Elle faisait aussi des plans de la maison et de la montagne, ce qui intriguait beaucoup Pieter. À un moment donné, elle s'interposa entre Goebbels et Himmler qui cessèrent aussitôt de parler, et la fixèrent sans un mot. Elle s'éloigna dans l'autre direction et, remarquant Pieter sur la terrasse en train de regarder vers la vallée, elle s'approcha de lui.

– Tu n'as pas l'intention de sauter, dis-moi ? demanda-t-elle.

– Non, bien sûr ! s'exclama-t-il. Pourquoi j'envisagerais une chose pareille ?

– Je plaisantais, expliqua-t-elle. Tu es très beau dans ton costume.

– Ce n'est pas un costume, mais un uniforme, corrigea-t-il d'un ton irrité.

– Je te taquine. Comment tu t'appelles ?

– Pieter. Et vous ?

– Leni.

– Qu'est-ce que vous faites avec ça ? demanda-t-il avec un geste pour la caméra.

– Je fais un film.

– Pour qui ?

– Pour qui veut le voir.

– Je suppose que vous êtes la femme de l'un d'entre eux ? demanda-t-il en indiquant les officiers d'un signe de tête.

– Oh, non, répondit-elle. Ils ne s'intéressent qu'à eux.

Pieter fronça les sourcils.

– Alors, où est votre mari ?

– Je n'en ai pas. Pourquoi ? C'est une demande en mariage ?

– Bien sûr que non.

– Tu es trop jeune pour moi de toute façon – tu as quel âge ? Quatorze ans ?

– Quinze, rectifia-t-il, en colère. Et je ne faisais pas de demande. Je me renseignais, c'est tout.

– Il se trouve que je me marie à la fin du mois.

Pieter ne fit aucun commentaire mais se retourna pour regarder vers la route.

– Qu'y a-t-il de si intéressant sur cette route ? demanda Leni en regardant à son tour. Tu attends quelqu'un ?

– Non, répondit-il. Pourquoi attendrais-je quelqu'un ? Tous les gens importants sont là.

– Tu veux bien que je te filme ?

Pieter secoua la tête.

– Je suis un soldat, pas un acteur.

– Pour l'instant, tu n'es ni l'un ni l'autre. Tu n'es qu'un garçon en uniforme. Mais tu es beau, c'est certain. Tu dois être photogénique.

Pieter la toisa. Il n'était pas habitué à ce qu'on lui parle de cette façon et n'y tenait pas vraiment. Ne comprenait-elle pas à quel point il était important ? Il s'apprêtait à le lui dire quand il aperçut une voiture qui tournait le coin de l'allée pour venir vers la maison. En reconnaissant les occupants, un sourire éclaira son visage qu'il s'empressa de réprimer.

– Maintenant, je comprends ce que tu attendais, dit Leni en levant sa caméra pour filmer l'arrivée de la voiture. Ou plutôt qui tu attendais.

Il lui aurait bien arraché la caméra des mains avant de la jeter sur les pentes de l'Obersalzberg, mais il se contenta de lisser sa veste pour paraître le plus impeccable possible et s'avança pour accueillir ses invités.

– Herr Holzmann, dit-il en s'inclinant poliment devant eux à leur descente de voiture. Katarina, je suis très heureux que tu aies pu venir. Bienvenue au Berghof.

Un peu plus tard, en se rendant compte qu'il n'avait pas vu Katarina depuis un moment, Pieter rentra à l'intérieur de la maison et la trouva en arrêt devant les tableaux accrochés aux murs. L'après-midi ne s'était pas très bien déroulé. Herr Holzmann avait fait de son mieux pour établir le contact avec les officiers nazis, mais il n'était pas très cultivé et Pieter avait compris que les autres se moquaient de ses efforts pour se faire bien voir. De plus, la présence du Führer semblait le terrifier et il s'en tenait le plus éloigné possible. Pieter le méprisa ; comment un adulte pouvait-il se conduire comme un petit garçon à une réception ?

Parler avec Katarina s'était révélé encore plus difficile. Elle se refusait même à faire semblant d'être contente de figurer au nombre des invités et il était évident qu'elle souhaitait partir au plus vite. Lorsqu'elle avait été présentée au Führer, elle s'était comportée avec respect mais sans manifester l'admiration que Pieter espérait.

– Ainsi, vous êtes la petite amie de notre jeune Pieter ? avait demandé Hitler en la détaillant de la tête aux pieds.

– Certainement pas, avait-elle répondu. Nous sommes dans la même classe, c'est tout.

– Mais regardez comme il est amoureux, était intervenue Eva, ravie de se joindre aux railleries. Nous ne savions pas que Pieter s'intéressait déjà aux filles.

– Katarina est une amie, avait-il précisé en rougissant jusqu'aux oreilles.

– Je ne suis même pas cela, avait-elle corrigé avec un sourire charmant.

– C'est votre avis pour l'instant, avait repris le Führer, mais je devine une petite étincelle qui ne demande qu'à être enflammée. La future Frau Fischer, peut-être ?

Katarina n'avait rien dit, mais avait semblé sur le point d'exploser. Quand le Führer et Eva s'étaient éloignés, Pieter avait essayé d'orienter la conversation sur certains des jeunes gens de Berchtesgaden qu'ils connaissaient, mais elle n'avait pas desserré les dents, comme pour éviter de laisser transparaître ses opinions. Puis il lui avait demandé quelle était sa bataille préférée et elle l'avait regardé comme s'il était fou.

– Celle où il y a eu le moins de morts, avait-elle répondu.

L'après-midi s'était poursuivi sur le même mode, lui s'efforçant d'attirer son attention et se faisant rejeter à chaque fois. Mais peut-être était-ce parce qu'il y avait trop de monde à l'extérieur. Maintenant qu'ils étaient seuls à l'intérieur, il espérait qu'elle se montrerait plus communicative.

– Tu as apprécié la réception ? demanda-t-il.

– Je doute que personne ici se soit amusé, dit-elle.

Il jeta un coup d'œil au tableau qu'elle était en train de regarder.

– Je ne savais pas que tu t'intéressais à l'art.

– C'est le cas.

– Ce tableau doit beaucoup te plaire.

Katarina secoua la tête.

– Il est affreux, répondit-elle avec un regard pour les autres toiles. Ils le sont tous. J'aurais cru qu'un homme avec le pouvoir du Führer choisirait de meilleures œuvres dans les musées.

Pieter ouvrit de grands yeux, horrifié par ce qu'il venait d'entendre.

Il lui montra la signature en bas à droite de la toile.

– Oh! dit-elle, momentanément calmée et sans doute un peu nerveuse. Qu'importe leur auteur, ils sont terribles.

Il l'empoigna brutalement par le bras et l'entraîna le long du couloir jusqu'à sa chambre dont il claqua la porte derrière lui.

– Qu'est-ce qui te prend? demanda-t-elle en se dégageant.

– Je te protège, répondit-il. Tu ne comprends donc pas que tu ne peux pas dire ce genre de choses dans cette maison? Si quelqu'un t'entendait, tu aurais des ennuis.

– Je ne savais pas que c'était lui qui les avait peints! s'exclama-t-elle en jetant les bras en l'air.

– Maintenant tu le sais. Alors, à l'avenir, Katarina, tais-toi si tu ne sais pas de quoi tu parles. Et cesse de me traiter avec condescendance. Je t'ai invitée au Berghof, un endroit qu'une fille comme toi n'aurait jamais l'occasion de visiter. Il est temps que tu me montres un peu de respect.

Elle le regarda et il devina dans ses yeux une peur croissante qu'elle tenta de dissimuler. Il n'était pas certain d'en être heureux.

– Ne me parle pas sur ce ton, dit-elle à voix basse.

– Je te demande pardon, répondit Pieter en se rapprochant. C'est parce que je tiens à toi. Je ne veux pas qu'on te fasse de mal.

– Tu ne me connais même pas.

– Je te connais depuis des années.

– Tu ne me connais pas du tout.

Il soupira.

– Peut-être pas, mais je ne demande que ça. Si tu le veux bien.

Il lui caressa la joue et elle recula vers le mur.

– Tu es si belle, murmura-t-il, surpris d'entendre ces mots dans sa bouche.

– Arrête, Pieter, dit-elle en se détournant.

– Mais pourquoi ? demanda-t-il en se penchant vers elle, et son parfum le submergea. C'est ce que je veux.

Il prit son visage dans ses mains et le tourna vers lui pour l'embrasser.

– Lâche-moi ! cria-t-elle en le repoussant des deux mains.

Pieter recula, une expression de surprise peinte sur le visage, il trébucha sur une chaise et se retrouva les quatre fers en l'air.

– Quoi ? demanda-t-il, étonné et désorienté.

– Ne me touche pas, tu m'entends ? dit-elle, et elle ouvrit la porte, mais avant de s'en aller, elle se retourna alors qu'il se remettait debout.

– Pour rien au monde je ne t'embrasserais.

– Mais tu ne comprends donc pas l'honneur que ce serait pour toi ? demanda-t-il, incrédule. Tu ne sais donc pas que je suis important ?

– Bien sûr que si, rétorqua-t-elle. Tu es le petit garçon en culotte de cuir qui vient acheter de l'encre pour les stylos à plume du Führer. Comment pourrais-je sous-estimer ta valeur ?

– Je suis beaucoup plus que ça, grogna-t-il en venant vers

elle. Il suffit simplement que tu me laisses être gentil avec toi, et il avança la main.

Cette fois, elle le gifla à toute volée, faisant jaillir une goutte de sang en écorchant sa joue avec la bague qu'elle portait. Il poussa un cri strident et se tint la joue, la regarda avec fureur et la plaqua contre le mur.

– Tu te prends pour qui ? demanda-t-il, son visage collé au sien. Tu crois pouvoir me rejeter ? Toutes les filles d'Allemagne tueraient pour être à ta place.

Il se pencha pour l'embrasser, le corps collé au sien, pour l'empêcher de s'enfuir. Elle se débattit, essaya de le repousser, mais il était trop fort pour elle. Il la pelota à travers sa robe, une main plaquée sur sa bouche pour l'empêcher de crier à l'aide. Il la sentit mollir et sut qu'elle ne pourrait pas lutter plus longtemps. Il pouvait faire ce qu'il voulait d'elle. Une petite voix lui enjoignit d'arrêter. Mais une autre, plus forte, lui dit de prendre ce dont il avait envie.

Une force venue de nulle part envoya Pieter au tapis et, avant qu'il comprenne ce qui lui arrivait, il se retrouva à plat ventre, quelqu'un assis sur lui, appuyant le tranchant d'un gros couteau sur sa gorge. Il essaya d'avaler mais sentit le froid de la lame sur sa peau et ne prit pas le risque de se faire couper.

– Tu poses une main sur cette pauvre fille encore une fois, murmura Emma, et je te tranche la gorge d'une oreille à l'autre. Je me fiche de ce qui peut m'arriver ensuite. Tu m'as comprise, Pieter ?

Il ne répondit pas, ses yeux faisant le va-et-vient rapide entre la femme et la jeune fille.

– Dis-moi que tu m'as comprise, Pieter – dis-le maintenant, sinon, je te préviens…

– Oui, je t'ai comprise, siffla-t-il.

Emma se redressa, le laissant par terre, en train de se frotter la gorge avant de vérifier qu'il n'avait pas de sang sur les doigts. Humilié, il leva sur elle un regard plein de haine.

– Tu as fait une énorme erreur, Emma, cracha-t-il.

– Je n'en doute pas, dit-elle. Mais ce n'est rien comparé à l'erreur que ta pauvre tante a faite le jour où elle a décidé de te faire venir ici. Que t'est-il arrivé, Pierrot ? demanda-t-elle, le visage soudain radouci. Tu étais si gentil quand tu es arrivé au Berghof. Est-il donc si facile de corrompre un innocent ?

Pieter resta muet. Il aurait voulu la maudire, abattre sa fureur sur elle et sur Katarina, mais quelque chose dans le regard d'Emma, à la fois compatissant et méprisant, fit resurgir le souvenir de celui qu'il était autrefois. Katarina pleurait et il détourna les yeux, souhaitant qu'elles le laissent tranquille. Il ne voulait plus sentir leur regard sur lui.

Ce n'est qu'en entendant leurs pas s'éloigner dans le couloir puis Katarina dire à son père qu'il était temps de partir qu'il se remit debout. Mais au lieu de retourner à la réception, il referma la porte de sa chambre et s'allongea sur son lit, le corps agité d'un léger tremblement. Puis, sans qu'il sache pourquoi, il se mit à pleurer.

13

De l'obscurité à la lumière

La maison était vide et silencieuse.

Dehors, sur les monts de l'Obersalzberg, les arbres débordaient de vie et Pieter, qui se promenait dans la forêt en faisant négligemment rebondir une balle qui avait appartenu à Blondi au creux de sa main, ne put s'empêcher de penser qu'il était difficile d'imaginer des lieux aussi sereins quand le monde, après presque six ans de brutalités et de déchirements, vivait les derniers soubresauts d'une énième guerre destructrice.

Il avait eu seize ans quelques mois auparavant et avait été autorisé à troquer son uniforme des Jeunesses hitlériennes contre le treillis du soldat de première classe. Cependant, chaque fois qu'il sollicitait le Führer pour être affecté à un bataillon, celui-ci le congédiait en prétextant être trop occupé pour s'occuper de pareille peccadille. Pieter avait passé plus de la moitié de sa vie au Berghof et, quand il essayait de se souvenir des gens qu'il avait connus à Paris dans son enfance, il avait du mal à se rappeler leurs noms et leurs visages.

Il avait entendu les rumeurs qui circulaient sur le sort qui avait été réservé aux Juifs d'Europe et il comprenait enfin pourquoi sa tante Beatrix avait insisté pour qu'il ne parle pas de son ami Anshel quand il était arrivé au Berghof. Il se demanda si celui-ci était vivant ou mort ; si sa mère avait réussi à les mettre à l'abri ; si d'Artagnan était avec eux.

À la pensée de son chien, il lança la balle en direction de la montagne et la regarda monter en flèche vers le ciel avant de disparaître un peu plus loin, au milieu d'un bouquet d'arbres.

Reportant son attention sur la route, il repensa au soir de son arrivée au Berghof, apeuré et seul, tandis que Beatrix et Ernst le conduisaient vers sa nouvelle maison en s'efforçant de le convaincre qu'il y serait heureux et en sécurité. À cette évocation, il ferma les yeux et secoua la tête, comme si le souvenir de sa trahison et de la fin tragique de sa tante et du chauffeur était susceptible d'être oublié. Mais il commençait à comprendre que ce n'était pas aussi simple que cela.

Et puis, il y avait les autres. Emma, la cuisinière qui n'avait été que gentillesse à son égard au cours de ses jeunes années mais dont l'affront le jour de la réception d'Eva Braun n'avait pu rester impuni. Il avait rapporté au Führer ce dont elle s'était rendue coupable, minimisant son propre rôle dans les événements de ce fameux après-midi, exagérant les paroles d'Emma de sorte qu'elle apparaisse comme une scélérate, et, un jour plus tard, elle avait été emmenée par les soldats sans même avoir eu le temps de préparer une valise. Où l'avaient-ils conduite, il n'en savait rien. Elle pleurait quand ils l'avaient traînée jusqu'à la voiture, et la dernière fois que Pieter l'avait vue, elle était assise sur la banquette arrière, la tête entre les mains, tandis que la voiture démarrait. Ange était partie peu après, de son plein gré. Il ne restait que Herta.

Les Holzmann avaient été forcés de quitter Berchtesgaden, la papeterie que le père de Katarina avait tenue pendant de si longues années avait été fermée et vendue. Pieter ne l'avait su que le jour où il était descendu en ville et où ses pas l'avaient conduit jusqu'au magasin dont les vitrines étaient condamnées. Un panneau sur la porte indiquait qu'il serait bientôt transformé en épicerie. Pieter avait interrogé la propriétaire de la boutique voisine pour savoir ce qui leur était arrivé. La femme l'avait regardé sans peur et elle avait secoué la tête.

– C'est toi qui habites là-haut, n'est-ce pas? avait-elle demandé en indiquant la montagne d'un signe de tête.

– Oui, c'est exact, avait-il répondu.

– Alors, ce qui leur est arrivé, c'est toi.

Il avait eu tellement honte qu'il n'avait rien dit et s'en était allé sans un mot. En vérité, il n'était plus que regrets mais n'avait plus personne à qui se confier. Malgré le tort qu'il avait causé à Katarina, il avait espéré qu'elle l'écouterait et lui permettrait de s'excuser et, si elle en avait été capable, de l'autoriser à parler de la vie qu'il avait vécue jusque-là, des choses qu'il avait faites et vues, et peut-être obtenir une forme de pardon.

Mais cette possibilité s'était envolée.

Deux mois plus tôt, lors du dernier séjour du Führer au Berghof, Hitler était apparu comme l'ombre de l'homme qu'il avait été jadis. Envolés, l'assurance inébranlable, le pouvoir de commander, la foi absolue dans son destin et celui de son pays. Il n'était plus désormais qu'un homme paranoïaque et colérique, qui tremblait et parlait tout seul en arpentant les couloirs de la maison, le moindre bruit provoquant sa colère. Un jour, il avait tout détruit dans son bureau, et un autre, il avait frappé Pieter du revers de la main quand celui-ci était venu lui demander s'il avait besoin de quelque chose. Le Führer restait éveillé tard dans la nuit, marmonnant dans sa barbe, maudissant ses généraux, les Britanniques et les Américains, maudissant tous ceux qu'il jugeait responsables de sa chute. Tout le monde, sauf lui.

Ils ne s'étaient pas dit au revoir. Un groupe d'officiers de la Schutzstaffel avaient débarqué un matin et ils s'étaient enfermés avec le Führer dans son bureau pour une longue discussion. Puis Hitler était sorti au pas de charge en fulminant et il s'était jeté sur la banquette arrière de la voiture en hurlant à Kempka de l'emmener, de l'emmener n'importe où, loin du sommet de cette montagne une bonne fois pour toutes. Eva avait été obligée de courir après la voiture qui partait sans elle. Pieter l'avait vue dévaler la montagne dans son sillage en agitant les bras et en criant, sa robe bleue gonflée par le vent tandis qu'elle disparaissait derrière un tournant.

Les soldats étaient partis peu après, il ne restait plus que Herta et puis, un matin, Pieter l'avait découverte en train de faire ses bagages.

– Où irez-vous ? avait-il demandé du pas de la porte de la chambre de la bonne.

Elle s'était retournée et avait haussé les épaules.

– Je retourne à Vienne, avait-elle répondu. Ma mère y est toujours. Du moins, je l'espère. Évidemment, je ne sais pas si les trains roulent, mais je me débrouillerai.

– Que lui direz-vous ?

– Rien. Je ne parlerai plus jamais de cet endroit, Pieter. Tu ferais bien d'en faire autant. Pars avant que les Alliés n'arrivent. Tu es encore jeune. Personne n'a besoin de savoir les choses terribles que tu as faites. Que nous avons tous faites.

Les paroles de Herta lui avaient fait l'effet d'un coup au cœur et il avait été estomaqué par l'absolue conviction avec laquelle elle les avait tous deux condamnés. Il l'avait prise par le bras au moment où elle passait devant lui. Il s'était souvenu de la première fois où il avait fait sa connaissance, neuf ans plus tôt, quand il avait été humilié à la perspective qu'elle le voie nu dans la baignoire.

– N'y aura-t-il donc aucun pardon, Herta ? avait-il

murmuré. Les journaux… les choses qu'on dit déjà… Serai-je pardonné ?

Elle se dégagea gentiment.

– Crois-tu que je n'étais pas au courant des plans qui s'échafaudaient ici, au sommet de la montagne ? avait-elle demandé. Des sujets qui étaient discutés dans le bureau du Führer ? Il n'y aura de pardon pour aucun de nous.

– Mais je n'étais qu'un enfant, avait plaidé Pieter. Je ne savais rien. Je ne comprenais pas.

Elle avait secoué la tête et lui avait pris le visage entre ses mains.

– Regarde-moi bien, Pieter, avait-elle dit. Regarde-moi – il avait levé des yeux remplis de larmes. Ne fais jamais semblant de ne pas savoir ce qui se passait au Berghof. Tu as des yeux et des oreilles. Et, plus d'une fois, tu t'es trouvé dans ce bureau à prendre des notes. Tu as tout entendu. Tu as tout vu. Tu savais tout. Comme tu sais ce dont tu es responsable. (Elle avait hésité, mais il fallait que les choses soient dites.) Les morts que tu as sur la conscience. Tu es encore jeune, tu n'as que seize ans. Tu as la vie devant toi pour assumer ta complicité dans ces affaires. Ne te dis jamais que tu ne savais pas. (Elle retira ses mains.) Ce serait le pire de tous les crimes.

Elle avait ramassé sa valise et s'était dirigée vers la porte d'entrée. Il avait regardé sa silhouette se découper sur la lumière du soleil qui jaillissait à travers les arbres.

– Comment allez-vous descendre dans la vallée ? avait-il

crié, regrettant qu'elle le laisse seul au Berghof. Il n'y a plus personne. Plus de voiture pour vous emmener.

– Je marcherai, avait-elle répondu en disparaissant à sa vue.

Les journaux continuaient d'être livrés ; les commerçants de Berchtesgaden avaient sans doute peur, en cessant de se présenter, que le Führer revienne et passe sa colère sur eux. Certaines personnes étaient persuadées que la guerre pouvait encore être gagnée. Quand d'autres étaient prêtes à affronter la réalité. En ville, Pieter avait entendu des rumeurs selon lesquelles le Führer et Eva se seraient réfugiés dans un bunker secret de Berlin, en compagnie des membres les plus importants du parti national-socialiste. Ils fomenteraient leur retour, orchestrant la manière dont ils referaient surface, plus forts qu'auparavant, avec un plan imparable pour la victoire. Et encore une fois, certains y croyaient et d'autres pas. Il n'empêche, les journaux continuaient d'arriver.

En voyant les derniers soldats s'apprêter à quitter Berchtesgaden, Pieter s'était approché pour leur demander ce qu'il devait faire et où il devait aller.

– Tu portes un uniforme, non ? avait dit l'un d'eux en le détaillant de la tête aux pieds. Pourquoi tu ne t'en sers pas pour une fois ?

– Pieter ne se bat pas, avait ajouté un autre. Il aime juste se déguiser.

Et tous deux s'étaient mis à rire en se moquant de lui. En

les regardant s'éloigner, Pieter avait eu le sentiment que son humiliation était totale.

Le petit garçon en short qui avait été amené sur la montagne s'apprêtait à gravir son sommet pour la dernière fois.

Il resta dans la maison, incapable de décider ce qu'il devait faire. En lisant les journaux, il suivit la progression des Alliés jusqu'au cœur de l'Allemagne et se demanda à quel moment l'ennemi viendrait le chercher. Quelques jours avant la fin du mois, un avion survola la montagne, un bombardier Lancaster britannique, et lâcha deux bombes sur le versant de l'Obersalzberg, ratant de peu le Berghof mais projetant assez de débris pour que la plupart des fenêtres de la maison se brisent. Pieter s'était caché dans le bureau du Führer et, lorsque les vitres explosèrent, des centaines de petits bouts de verre lui entaillèrent le visage, il plongea au sol en hurlant de terreur. Il attendit que le bruit de l'avion se soit définitivement éloigné pour oser se relever et aller à la salle de bains où il fut accueilli par le reflet de son visage ensanglanté dans le miroir. Il passa le reste de l'après-midi à retirer le plus d'éclats de verre possible, redoutant que les cicatrices soient permanentes.

Le dernier journal fut livré le 2 mai et le gros titre en une lui apprit tout ce qu'il devait savoir. Le Führer était mort. Goebbels aussi, cet effroyable homme-squelette, avec sa femme et ses enfants. Eva avait croqué dans une capsule de cyanure. Hitler s'était tiré une balle dans la tête. Le pire était que le Führer avait décidé de faire tester le cyanure afin d'être certain de son effet. Pour rien au monde, il n'aurait voulu qu'Eva souffre et soit capturée par l'ennemi. Son vœu était qu'elle ait une mort rapide. C'est ainsi qu'il avait testé le cyanure sur Blondi. Son effet avait été rapide et efficace.

Pieter ne ressentit aucune émotion particulière en lisant le journal. Il sortit devant la maison et parcourut le paysage des yeux, porta son regard vers Berchtesgaden, puis vers Munich, se remémorant le voyage en train au cours duquel il avait croisé pour la première fois des membres des Jeunesses hitlériennes. Puis vers Paris, la ville qui l'avait vu naître, qu'il avait reniée dans son désir d'être important. Mais il n'était plus français, réalisa-t-il. Pas plus qu'il n'était allemand. Il n'était rien. Il n'avait plus de maison, plus de famille et n'en méritait pas.

Il se demanda s'il pourrait rester vivre au Berghof pour toujours. Se cacher dans les montagnes comme un ermite et vivre de ce qu'il trouverait dans la forêt. Peut-être n'aurait-il plus jamais besoin de revoir des humains. Qu'ils continuent leur vie ailleurs dans le monde, se dit-il. Qu'ils continuent à se battre, à faire la guerre, à tirer et tuer, et peut-être le laisseraient-ils en dehors de tout cela. Il n'aurait plus à parler. Il n'aurait jamais à s'expliquer. Personne ne plongerait au fond de ses yeux pour voir les choses qu'il avait faites et reconnaître la personne qu'il était devenu.

L'espace d'un après-midi, l'idée sembla bonne.

Puis les soldats débarquèrent.

L'après-midi touchait à sa fin ce 4 mai, et Pieter était en train de viser une boîte de conserve posée sur un poteau avec les graviers de l'allée. Le silence de l'Obersalzberg commença progressivement à être brisé par un bruit sourd qui montait du pied de la montagne jusqu'à l'endroit où il se trouvait. Le bruit augmentant, Pieter regarda par-dessus le versant et aperçut un groupe de soldats qui montait, ils ne portaient pas l'uniforme allemand mais américain. Ils venaient le chercher.

Il envisagea de s'enfuir dans la forêt, mais il était inutile de courir et il n'avait nulle part où aller. Il n'avait pas le choix. Il les attendrait.

Il rentra à l'intérieur de la maison et s'assit dans le salon, mais à mesure qu'ils approchaient, sa peur augmentait. Il sortit dans le couloir en quête d'un endroit où se cacher. Dans un coin, il dénicha un petit placard dans lequel il avait à peine la place de se tenir, il y entra néanmoins et referma la porte derrière lui. Une cordelette pendait au-dessus de sa tête et, quand il tira dessus, la lumière s'alluma, éclairant l'espace. Le placard ne contenait que quelques chiffons et des pelles, mais un objet lui entrait dans le dos. Il passa la main derrière lui pour voir ce que c'était. Il fut surpris de constater qu'il s'agissait d'un livre qui avait été jeté n'importe comment dans le placard, il le retourna pour voir la couverture : *Émile et les détectives*. Il tira de nouveau sur la cordelette, se condamnant à l'obscurité.

Des voix résonnèrent dans la maison, il entendit les bottes

des soldats résonner tandis qu'ils approchaient. Ils se parlaient dans une langue qu'il ne comprenait pas, ils riaient et poussaient des cris de joie en entrant dans sa chambre, dans celle du Führer, des bonnes, dans l'ancienne chambre de sa tante Beatrix. Il entendit qu'ils ouvraient des bouteilles, faisaient sauter des bouchons. Puis il entendit deux hommes avancer vers lui dans le couloir.

– Qu'est-ce qu'il y a là-dedans ? demanda l'un des deux avec un fort accent américain, et avant que Pieter puisse retenir la porte, celle-ci s'ouvrit à la volée, laissant pénétrer une explosion de lumière qui l'obligea à fermer les yeux.

Les soldats laissèrent échapper un cri et il les entendit armer leurs fusils avant de le mettre en joue. Il cria à son tour et, une seconde après, ils étaient quatre, six, dix, une douzaine, une compagnie entière rassemblée autour du placard, leurs armes pointées sur le garçon qui se cachait dans l'obscurité.

– Ne me faites pas mal ! hurla Pieter en se roulant en boule, et il se couvrit la tête avec les mains, souhaitant de tout son cœur se faire si petit qu'il disparaisse dans le néant. Je vous en supplie, ne me faites pas mal.

Avant qu'il puisse ajouter quoi que ce soit, un nombre inconnu de mains plongea dans l'obscurité et le ramena à la lumière.

Épilogue

14

Un garçon sans maison

Après des années passées au sommet de l'Obersalzberg dans un quasi-isolement, Pieter avait du mal à se faire à la vie du camp de Golden Mile, près de Remagen, où il avait été immédiatement envoyé après sa capture. À son arrivée, on l'avait informé qu'il n'avait pas le statut de prisonnier de guerre puisque la guerre était officiellement terminée, mais qu'il était classé «Forces ennemies désarmées».

– C'est quoi la différence? avait demandé un homme dans la file à côté de lui.

– La différence, c'est qu'on n'est pas obligés d'appliquer la convention de Genève, avait répondu un des soldats américains en crachant par terre avant de sortir un paquet de cigarettes de sa poche de poitrine. Alors ne t'attends pas à avoir la vie facile, Fritz, avait-il ajouté.

Incarcéré avec deux cent cinquante mille soldats allemands faits prisonniers, Pieter avait décidé, en passant la

grille du camp, qu'il ne parlerait à personne et communi-
querait uniquement grâce aux bribes de langue des signes
qu'il se rappelait de son enfance, afin de se faire passer pour
sourd et muet. Un simulacre qui avait si bien fonctionné
que, bientôt, plus personne ne le regarda, sans parler de lui
adresser la parole. C'était comme s'il n'existait pas. Le but
exact qu'il avait cherché à atteindre.

Dans la zone du camp où il était parqué, plus de mille
hommes étaient regroupés, un éventail d'individus qui
allait d'officiers de la Wehrmacht, continuant d'exercer une
autorité symbolique sur leurs subordonnés, aux membres
des Jeunesses hitlériennes, certains plus jeunes que Pieter,
même s'ils furent très vite relâchés. Le baraquement dans
lequel il dormait abritait deux cents hommes qui s'entas-
saient sur des galetas prévus pour le quart et, la plupart du
temps, Pieter se voyait contraint de trouver un espace libre
près d'un mur où il puisse s'allonger avec sa veste roulée en
boule sous la tête, dans l'espoir de dormir quelques heures.

Certains soldats, surtout des officiers supérieurs, étaient
interrogés dans le but d'obtenir des renseignements sur
leurs agissements pendant la guerre, et, comme Pieter avait
été découvert au Berghof, il avait, à de nombreuses reprises,
fait l'objet d'interrogatoires sur ses activités. Mais il avait
persisté à jouer les sourds-muets, écrivant sur un carnet
l'histoire vraie de son départ de Paris pour aller retrouver
sa tante qui avait obtenu sa garde. Les autorités avaient
dépêché différents officiers pour le questionner, espérant

débusquer une contradiction dans son récit, mais, comme c'était l'exacte vérité, rien n'aurait pu piéger Pieter.

– Et ta tante ? avait demandé l'un des soldats. Que lui est-il arrivé ? Elle n'était pas au Berghof quand on t'a découvert.

Pieter s'était efforcé de réprimer le tremblement de sa main et avait fini par écrire qu'elle était morte, incapable de regarder l'officier dans les yeux en lui rendant le carnet.

Des bagarres éclataient de temps à autre. La défaite avait aigri certains hommes quand d'autres se montraient plus stoïques. Un soir, un homme que Pieter reconnut comme un membre de la Luftwaffe à son calot de feutre gris, avait condamné le parti national-socialiste, sans épargner le Führer de son mépris. Et un officier de la Wehrmacht était venu le gifler avec son gant, le traitant de traître et l'accusant d'être la cause de la défaite de l'Allemagne. Les deux hommes avaient roulé sur le sol pendant dix bonnes minutes, se donnant des coups de pied, des coups de poing, tandis que les autres formaient un cercle autour d'eux, et les encourageaient, excités par la brutalité, un divertissement bienvenu dans l'ennui du camp de Golden Mile. Le combat s'était soldé par la victoire de l'aviateur sur l'officier, un résultat qui avait divisé le baraquement, mais les blessures qu'ils s'étaient infligées étaient si graves que, le lendemain matin, ils avaient disparu et Pieter ne les avait plus jamais revus.

Un après-midi qu'il se trouvait dans la cuisine pour une fois non surveillée, il avait volé un pain qu'il avait rapporté en douce au baraquement, dissimulé sous sa chemise. Il avait passé le reste de la journée à grignoter de petites bouchées, son ventre grondant de plaisir à ce cadeau inespéré. Il en avait bien mangé la moitié quand un *Oberleutnant*, un peu plus âgé que lui, avait remarqué son manège et lui avait arraché le pain des mains. Pieter avait essayé de se défendre mais l'homme était plus fort, et il avait fini par renoncer, se blottissant dans un coin comme un animal en cage conscient de la supériorité de son prédateur. Il s'était efforcé de se vider la tête de toute pensée. Le vide était l'état qu'il appelait de tous ses vœux. Le vide et l'amnésie.

De temps en temps, des journaux anglais circulaient dans les baraquements et ceux qui comprenaient la langue traduisaient les articles aux hommes rassemblés autour d'eux, leur racontant ce qui se passait dans leur pays depuis la capitulation. C'est ainsi que Pieter avait entendu que l'architecte Albert Speer avait été condamné à de la prison; que Leni Riefenstahl, la dame qui l'avait filmé sur la terrasse du Berghof à l'occasion de la fête d'anniversaire d'Eva, avait prétendu ne rien savoir des agissements des nazis mais avait néanmoins été détenue dans des camps français et américains. L'*Obersturmbannführer* qui lui avait marché sur la main à la gare de Mannheim et qui était venu par la suite au Berghof, le bras dans le plâtre, pour prendre le commandement d'un camp de la mort, avait été capturé par les Alliés et s'était rendu sans difficulté. Sur Herr Bischoff, qui avait conçu les plans de sa prétendue «zone d'intérêt», il n'avait rien appris. Mais il avait su que les grilles des camps d'Auschwitz, de Bergen-Belsen, de Dachau, de Buchenwald, de Ravensbrück, de Jasenovac, en Croatie, à l'extrême est, de Bredtveit, en Norvège, à l'extrême nord, de Sajmište, en Serbie, à l'extrême sud, avaient été ouvertes. Et que les détenus avaient été libres de retrouver leurs maisons dévastées, ayant perdu leurs parents, leurs frères, leurs sœurs, leurs oncles, leurs tantes et leurs enfants. Pieter tendait l'oreille pour entendre ce qui était révélé par le menu au monde entier des atrocités commises dans les camps. Plus il en entendait, plus ses efforts pour tenter de comprendre l'exercice de la cruauté auquel il avait participé le paralysaient. Quand il ne parvenait pas à dormir, ce qui était fréquent, il restait les yeux ouverts à fixer le plafond en se disant : *Je suis responsable.*

Et puis, un matin, il avait été libéré. Environ cinq cents hommes avaient été rassemblés dans la cour où on leur avait annoncé qu'ils pouvaient rentrer chez eux. Les hommes avaient échangé des regards surpris, comme s'ils redoutaient qu'on leur tende un piège, puis ils avaient marché vers les grilles d'un air inquiet. Il leur avait fallu s'éloigner d'un kilomètre ou deux du camp avec la conviction que personne ne les suivait pour qu'ils commencent à se détendre. À ce moment-là, ils s'étaient à nouveau regardés, perturbés par leur libération après tant d'années de vie militaire, et s'étaient demandé : *Qu'allons-nous faire à présent ?*

Pieter avait passé les années suivantes à déménager d'un endroit à un autre, en constatant les marques de destruction que la guerre avait laissées sur les visages et les bâtiments des villes. De Remagen, il était parti vers le nord, à Cologne, où il avait pu voir à quel point la ville avait été endommagée par les bombardements de la Royal Air Force. Partout où il posait les yeux, les maisons étaient détruites, les rues impraticables, bien que la grande cathédrale, au cœur du Domkloster, soit restée debout en dépit des impacts dont elle était criblée. De Cologne, il était parti vers l'ouest, à Anvers, où il avait trouvé du travail sur le port animé qui s'étendait le long du bord de mer. Il était logé dans une soupente qui donnait sur l'Escaut.

Il s'était fait un ami, ce qui était chose rare, les autres ouvriers du chantier naval le considéraient comme un solitaire, mais cet ami – un jeune homme de son âge, prénommé Daniel – semblait partager quelque chose de la solitude de Pieter. Même par grande chaleur, Daniel gardait toujours une chemise à manches longues, alors que ses collègues étaient tous torse nu. D'ailleurs, ils le taquinaient en disant qu'il était si timide qu'il ne trouverait jamais de petite amie.

De temps à autre, Pieter et Daniel dînaient ensemble ou sortaient boire un verre. Et Daniel, pas plus que Pieter, n'évoquait sa vie pendant la guerre.

Une fois, tard dans la soirée, alors qu'ils se trouvaient dans un bar, Daniel avait dit à Pieter que ses parents auraient fêté leur trentième anniversaire de mariage ce jour-là.

– Auraient ? avait demandé Pieter.

– Ils sont morts, avait répondu Daniel à voix basse.

– Je suis désolé.

– Mes sœurs aussi, lui avait-il avoué en frottant une marque invisible sur la table qui les séparait. Et mon frère.

Pieter n'avait rien dit, mais il avait su immédiatement pourquoi Daniel refusait de retirer sa chemise. Les manches cachaient un numéro tatoué sur sa peau, et lui, qui peinait à vivre avec le souvenir de ce que sa famille avait subi, avait ce rappel éternel sous les yeux quoi qu'il arrive.

Le lendemain, Pieter avait écrit sa lettre de démission au patron du chantier naval et il était parti sans même dire au revoir à personne.

Il avait pris le train pour Amsterdam, où il avait vécu six ans, ayant changé radicalement de profession grâce à une formation qui lui avait permis de devenir professeur dans une école située près de la gare. Il ne parlait jamais de son passé, avait peu d'amis en dehors de son travail et passait le plus clair de son temps seul dans sa chambre.

Un dimanche matin qu'il se promenait dans Westerpark, il s'était arrêté pour écouter un violoniste qui jouait sous un arbre et il avait été à nouveau transporté dans son enfance à Paris – à l'époque insouciante où il visitait le jardin des Tuileries avec son père. Une foule s'était rassemblée et, lorsque le musicien s'était arrêté de jouer pour passer de la colophane sur les crins de l'archet, une jeune femme s'était avancée pour jeter quelques pièces dans son chapeau. En revenant sur ses pas, elle s'était tournée vers Pieter et leurs regards s'étaient croisés. Une douleur vive avait tordu le ventre de Pieter. Ils ne s'étaient pas vus depuis des années, mais il l'avait aussitôt reconnue et elle aussi. Le dernier souvenir qu'il avait d'elle : elle fuyait, en pleurs, sa chambre du Berghof, son corsage qu'il avait déchiré à l'épaule, avant qu'Emma ne l'envoie au tapis. Elle s'était avancée sans peur et s'était plantée devant lui, plus belle encore que dans son souvenir. Elle n'avait pas cillé, se contentant de le fixer comme si les mots étaient inutiles, jusqu'à ce que Pieter ne puisse plus le supporter ; alors il avait baissé les yeux, plein de honte. Il espérait qu'elle s'en aille mais elle était restée, elle n'en avait pas démordu, et quand il avait osé lever les yeux à nouveau, il avait vu sur son visage une expression de mépris si profond qu'il aurait aimé pouvoir se dissoudre dans l'air. Il avait tourné les talons sans un mot et était rentré chez lui.

À la fin de la semaine, il avait remis sa démission à l'école et admis que le moment si longtemps repoussé était enfin venu.

Il était temps de rentrer à la maison.

De retour en France, le premier endroit que Pieter avait visité était l'orphelinat d'Orléans, qui ne tenait plus vraiment debout, comme il avait pu le constater en arrivant. Pendant l'Occupation, les nazis avaient réquisitionné le bâtiment, les enfants avaient été dispersés à tous les vents pour laisser place à un centre d'opérations. Quand la fin de la guerre n'avait plus fait aucun doute, les nazis avaient abandonné les lieux non sans en détruire une bonne partie, mais les murs étaient solides et le bâtiment ne s'était pas entièrement écroulé. Sa reconstruction aurait nécessité de gros capitaux et, jusqu'à présent, personne ne s'était proposé pour recréer le refuge qu'il avait été autrefois pour des enfants qui n'avaient plus de famille.

Dans le bureau où il avait rencontré les sœurs Durand pour la première fois, Pieter avait cherché la vitrine dans laquelle était exposée la médaille de leur frère, mais celle-ci avait disparu, tout comme les deux sœurs.

Sur les registres départementaux tenus pendant la guerre, Pieter avait découvert que Hugo, son bourreau à l'orphelinat, était mort en héros. Adolescent, il avait résisté aux forces d'occupation et rempli nombre de missions dangereuses qui avaient permis de sauver la vie de beaucoup de ses compatriotes. Il avait été démasqué au moment où il plaçait une bombe à proximité de l'orphelinat où il avait grandi le jour où un général allemand était attendu. Il avait été placé face à un peloton d'exécution et, afin de regarder ses bourreaux dans les yeux au moment de tomber, il aurait refusé d'avoir les yeux bandés tandis que les soldats le mettaient en joue.

De Josette, il n'avait pas retrouvé la trace. Encore un autre de ces enfants disparus pendant la guerre, s'était-il dit, et dont il ne connaîtrait jamais le destin.

Arrivé enfin à Paris, il avait consacré sa première soirée à écrire une lettre à une dame de Leipzig. Il lui décrivait par le menu les actes dont il s'était rendu coupable un certain soir de Noël, alors qu'il était encore un enfant. Bien sûr, il comprenait qu'il ne pouvait espérer qu'elle lui pardonne, mais il voulait cependant qu'elle sache qu'il ne vivait pas un jour sans regrets.

Il avait reçu une réponse polie de la sœur d'Ernst, où elle lui confiait l'immense fierté qu'elle avait ressentie quand son frère était devenu le chauffeur d'un grand homme comme Adolf Hitler. Par ailleurs, elle considérait sa tentative d'assassiner le Führer comme une tare dans la valeureuse histoire de sa famille.

Vous avez fait ce que tout patriote aurait fait, avait-elle écrit, à la stupéfaction de Pieter qui avait compris que, même si les temps changeaient, certains ne changeaient jamais d'idées.

Quelques semaines plus tard, un après-midi qu'il flânait à Montmartre, il était passé devant la vitrine d'un libraire et s'était arrêté. Cela faisait des années qu'il n'avait pas lu de roman – le dernier étant *Émile et les détectives* –, mais un livre avait attiré son attention et il était entré dans la boutique. Il avait pris l'ouvrage sur le présentoir et regardé la photo de l'auteur au dos.

Le roman était écrit par Anshel Bronstein, le garçon qui vivait à l'étage en dessous de chez lui quand il était enfant. Bien sûr, il se rappelait qu'Anshel avait toujours voulu être écrivain. Ses rêves s'étaient donc réalisés.

Il avait acheté le livre et l'avait lu en deux soirées, puis il s'était rendu chez l'éditeur, à qui il avait expliqué qu'il était un ami d'enfance d'Anshel, et lui avait fait part de son souhait d'entrer en contact avec lui. L'éditeur lui avait donné l'adresse du romancier et l'avait informé qu'il avait de grandes chances de le trouver chez lui, car M. Bronstein consacrait tous ses après-midi à écrire.

L'appartement n'était pas très loin, mais Pieter s'y était rendu en marchant lentement, inquiet de l'accueil qu'il pourrait recevoir. Il ignorait si Anshel serait susceptible d'écouter l'histoire de sa vie, s'il serait capable de l'encaisser, mais il ne doutait pas qu'il devait essayer. Après tout, c'était lui qui avait cessé de répondre à ses lettres, qui avait décrété qu'ils n'étaient plus amis et qu'Anshel devait cesser de lui écrire. En frappant à la porte, il ignorait même si celui-ci se souviendrait de lui.

Mais, bien sûr, je le reconnus sur-le-champ.

D'ordinaire, je n'aime pas que les gens m'interrompent quand je travaille. Écrire un roman n'est pas chose facile. Cela demande du temps et de la patience, et la moindre distraction peut mener à la perte d'une journée entière de travail. Cet après-midi-là, j'étais en train de rédiger une scène importante et je fus agacé qu'on frappe à ma porte, mais je mis moins d'une seconde à reconnaître l'homme qui se tenait devant moi en tremblant. Les années avaient passé

– elles n'avaient été tendres ni avec l'un ni avec l'autre – mais je l'aurais reconnu n'importe où.

Pierrot, dis-je en signe en dessinant le symbole du chien, l'ami gentil et loyal, que je lui avais attribué quand nous étions enfants.

Anshel, répondit-il en faisant le signe du renard.

Nous sommes restés un long moment à nous regarder, puis je me suis écarté, j'ai ouvert grand la porte et je l'ai invité à entrer. Il s'assit en face de moi dans mon bureau en regardant les photos sur les murs. Celle de ma mère, qui avait été emmenée quand les soldats, dont je m'étais caché, avaient rassemblé les Juifs dans notre rue et que j'avais vue pour la dernière fois, poussée dans un camion avec tant de nos voisins. La photo de d'Artagnan, son chien, mon chien ; le chien que j'avais lancé sur un des nazis qui emmenaient ma mère et qui s'était fait tuer pour son courage. Celle de la famille qui m'avait adopté et caché, affirmant que j'étais l'un des leurs en dépit des ennuis que cela leur avait causés.

Pierrot ne dit rien avant un bon moment et je décidai d'attendre qu'il soit prêt. Il m'avoua enfin qu'il avait une histoire à me raconter. L'histoire d'un garçon dont le cœur était rempli d'amour et de droiture mais que le pouvoir avait corrompu. L'histoire d'un garçon qui avait commis des crimes avec lesquels il serait obligé de vivre toute sa vie. Un garçon qui avait fait du mal à ceux qui l'aimaient et pris part à la mort de ceux qui ne lui avaient jamais montré que gentillesse ; un garçon qui avait sacrifié le droit de porter son nom et qui devrait le reste de sa vie s'efforcer de le regagner. L'histoire d'un homme qui voulait trouver le moyen de racheter ses actes et qui n'oublierait jamais les paroles d'une bonne nommée Herta : « Ne fais jamais semblant de ne pas savoir ce qui se passait. Ce serait le pire de tous les crimes. »

Te rappelles-tu quand nous étions enfants ? me demanda-t-il. *Comme toi, j'avais des histoires à raconter mais je n'arrivais jamais à coucher les mots sur le papier. J'avais l'idée mais seul toi étais capable de la développer. Tu me disais : « Même si c'est moi qui l'écris, c'est ton histoire. »*

Je me rappelle, dis-je.

Crois-tu que nous pourrions à nouveau être enfants ?

Je secouai la tête et souris.

Trop de choses se sont passées pour que cela soit possible. Mais tu peux, bien sûr, me raconter ce qui s'est passé après que tu as quitté Paris. Et ensuite, nous verrons.

Raconter cette histoire demandera du temps, m'expliqua Pierrot. *Une fois que tu l'auras entendue, il se peut que tu veuilles me tuer, mais je vais te la raconter et tu en feras ce que tu voudras. Peut-être l'écriras-tu. Ou peut-être jugeras-tu qu'il serait préférable de l'oublier.*

Je suis allé m'asseoir à mon bureau et j'ai repoussé mon roman en cours dans un coin. Après tout, c'était quelque chose d'insignifiant au regard du récit de Pierrot et je pourrais toujours m'y remettre après que j'aurais entendu ce qu'il avait à me dire. Puis j'ai pris un carnet neuf et un stylo à plume dans mon tiroir, je me suis tourné vers mon vieil ami et, de la seule voix que j'aie jamais possédée – mes mains – j'ai dit un mot simple qu'il comprendrait, j'en étais certain.

Commençons.

Remerciements

Chaque nouveau roman que j'écris se nourrit considérablement des conseils et du soutien de merveilleux amis et collègues à travers le monde. Je remercie du fond du cœur mes agents : Simon Trewin, Eric Simonoff, Annemarie Blumenhagen, et toute l'équipe de WME ; mes éditeurs : Annie Eaton et Natalie Doherty chez Random House Children's Publishers au Royaume-Uni, Laura Godwin chez Henry Holt aux États-Unis, Kristin Cochrane, Martha Leonard et la formidable équipe de Random House Canada, ainsi que tous ceux qui publient mes ouvrages à travers le monde.

Merci aussi à Con, mon mari et meilleur ami.

J'ai écrit les derniers chapitres de ce roman à l'université d'East Anglia, à Norwich – où j'ai fait mes études –, au cours de l'automne 2014, alors que j'y enseignais l'écriture créative en master de lettres. Tous mes remerciements vont à ceux qui m'ont rappelé le bonheur d'être écrivain et obligé à concevoir la fiction autrement : Anna Pook, Bikram Sharma, Emma Miller, Graham Rushe, Molly Morris, Rowan Whiteside, Tatiana Strauss et Zakia Uddin, qui seront les prochains grands auteurs.

Table

L'auteur

JOHN BOYNE est né à Dublin en 1971. Il a étudié la littérature anglaise et l'écriture. Il écrit d'abord des nouvelles, dont soixante-dix sont publiées. En 2006 paraît son premier roman pour la jeunesse : *Le Garçon en pyjama rayé* (Gallimard Jeunesse). Ce texte bouleversant, internationalement salué et récompensé par de nombreux prix, s'est vendu dans le monde entier à plus de cinq millions d'exemplaires. Il a brillamment été adapté au cinéma par le réalisateur Mark Herman en 2008, avec une distribution prestigieuse. Ses livres pour les adultes comme pour les plus jeunes sont traduits dans quarante-cinq langues.

Du même auteur chez Gallimard Jeunesse

Le Garçon en pyjama rayé
Noé Nectar et son voyage étrange
Barnabé ou la vie en l'air
Mon père est parti à la guerre